보고 싶은 날엔

보고 싶은 날엔

발행일	2021년 11월 26일		
글	김승규	그림	이봉섭
펴낸이	손형국		
펴낸곳	(주)북랩		
편집인	선일영	편집	정두철, 배진용, 김현아, 박준, 장하영
디자인	이현수, 한수희, 김윤주, 허지혜, 안유경	제작	박기성, 황동현, 구성우, 권태련
마케팅	김회란, 박진관		
출판등록	2004. 12. 1(제2012-000051호)		
주소	서울특별시 금천구 가산디지털 1로 168, 우림라이온스밸리 B동 B113~114호, C동 B101호		
홈페이지	www.book.co.kr		
전화번호	(02)2026-5777	팩스	(02)2026-5747

ISBN	979-11-6836-050-1 03810 (종이책)	979-11-6836-051-8 05810 (전자책)

(주)북랩 성공출판의 파트너

북랩 홈페이지와 패밀리 사이트에서 다양한 출판 솔루션을 만나 보세요!

홈페이지 book.co.kr • **블로그** blog.naver.com/essaybook • **출판문의** book@book.co.kr

---

작가 연락처 문의 ▸ ask.book.co.kr

작가 연락처는 개인정보이므로 북랩에서 알려드릴 수 없습니다.

나는 아직도
혼자서 너에게 말을 건단다

보고 싶은 날엔

김승규 글
이봉섭 그림

북랩 book Lab

목차

2018년

2018년 1월 1일

　나는 멈춰 있는데 세상은 아무 일 없었다는 듯이 계절 오고 가더니 또 해가 바뀌었다.

　나는 어제와 똑같은 허망한 날들일지라도 너의 새해는 즐겁고 빛나는 한 해 되어라.

　사랑한다 딸.

2018년 1월 2일

　찬 바람 거칠게 부는 날.

　눈물 같은 그리움 깃발처럼 펄럭이고 시린 가슴 파고드는 한기에 오한 든다.

　보고픔에 아픔과 외로움이 몰려드는 시간.

　괜찮을 거라고 말해 줄래?

2018년 1월 3일

　환한 얼굴이, 봄바람 같은 네 미소가 보고 싶다.

　맑은 목소리가, 너의 향기로움이 그립다.

　하여 눈물로 하얗게 지새우는 밤.

　어떻게 지내니? 따뜻하게 챙겨서 다녀.

2018년 1월 4일
사랑으로 그리워하고, 그리움으로 기다린다.
기다림으로 미워하고, 미움으로 보고파 한다.
보고 싶은 마음으로 널 사랑한다.

2018년 1월 5일
　넌 말이야, 추억으로 우리 곁에 머물고, 보고 싶은 그
리움으로 함께하고, 손꼽는 기다림으로 만남을 기대하
게 한다.
　넌 그래.

2018년 1월 6일
아무리 아니라 해도 맞더라.
악몽일 거라 고갯짓해도 현실이더라.
그래, 떠나야만 했던 이유가 있었을 거야.
그래서 넌 지금 그곳에서 틀림없이 행복할 거야.
그럼 됐어. 내가 슬프고 아프더라도 됐어.

2018년 1월 7일

긴긴 기다림으로 가슴은 타들어가고, 나날이 쌓여가는 슬픔 위로 눈물에 눈물이 더해진다.

행여나 하는 서러운 마음, 오늘도 차가운 바람 속을 서성이다 쓰러진다.

2018년 1월 8일

한마디 말도 없이 가버린 너.

한순간에 세상은 암흑천지가 되어 무너졌지.

절망만이 가득했던 시간.

세월 흘러도 여전히 시리고 아프다.

2018년 1월 9일

새벽부터 내리는 눈이 쌓인다.

이런 날에는 바람으로 편지를 쓴다.

오늘 하루 어떻게 지냈니?

그곳에도 눈이 오니? 너 참 많이 보고 싶구나.

2018년 1월 10일

잠들지 못하고 뒤척이다 새벽을 보는 불면의 밤이 하루, 이틀, 사흘.

여느 때와 똑같이 가면 쓴 얼굴로 괜찮다며 스스로 다독거려도 무겁기만 한 날.

왜 사는 걸까.

2018년 1월 11일

행복하고 즐거웠던 시간.

움켜잡으려 하면 할수록 손가락 사이로 빠져나가는 모래처럼 희미해져 두렵다.

그 기억으로 살아가는 나, 앞으로 어쩌지?

2018년 1월 12일

요즘 자꾸 깜빡거리고 기억이 가물거려 걱정이다.

들은 거 잊지 않고 알려주던 딸이 더 생각나고 보고 싶다.

네 친구 J가 새해라고 보내온 전복, 너도 같이 먹으면 좋으련만.

2018년 1월 14일

가슴 속 눈물 다 마르는 날 너에게로 갈 수 있을까.

이 그리움 다하는 날 만날 수 있을까.

언제일까, 함께하는 그날.

나를 버리면 볼 수 있을까.

2018년 1월 15일

어제 같은 오늘, 그 하루도 버리고, 오늘 같을 내일도 버리다 보면 버릴 거 없는 날 오겠지.

홀연히 먼지처럼 흩어져 사라질 날 있겠지.

그날이 기대된다.

2018년 1월 16일

보고 싶다.

한 번만이라도 안아볼 수 있으면 얼마나 좋을까.

그리움과 긴 한숨으로 눈물에 젖는 날.

이 눈물 마르는 날 있을까.

2018년 1월 22일

울지 말자 다짐해도 네 생각 조금만 스쳐도 눈물 나는 날.

한숨은 끝이 없고 긴긴 밤 잠들지 못한다.

세월 이렇게 흘러도 그립고 보고 싶어서, 생각대로 되는 게 하나도 없다.

2018년 1월 23일

너 없이는 단 하루도 못 견딜 것 같았는데, 금방이라도 죽을 것 같았는데, 이렇게 살아가고 있는 나는 뭘까.

나라는 인간 나도 모르겠다.

2018년 1월 24일

아침햇살에 사라지는 이슬처럼, 바람에 흩어지는 구름처럼 홀연히 사라지는 날.

너와의 만남 그려보는 것만으로도 행복해 눈물 고이는 날.

2018년 1월 25일

나날이 단단해져가는 차가움.

몸도 마음도 얼어가니 더 허기지는 그리움.

너의 흔적이 슬프게 하고 외롭게 하는 날.

감기 안 걸리게 조심해서 다녀.

2018년 1월 27일

올 것만 같아 바람 소리에도 귀 기울이는 마음.

평소처럼 "추운데 늦지 말고 볼일 다 보면 전화해"라고, 너에게 혼자 말을 해.

2018년 1월 29일

눈 한번 못 맞추고, 단 한마디 말조차 못 듣고 떠나가고, 떠나보내야 했던 시간.

지금 듣고 싶은 말 한마디.

멀지 않은 날 다시 만날 거라고 말해줘.

2018년 1월 30일
너 때문에 아파.
잘 지내는지 걱정되어서 아프고, 보고 싶어서 아파.
볼 수 없어서 아프고, 영영 못 만날까 두려워서 아파.
하루도 아프지 않은 날이 없다.

2018년 1월 31일
허한 마음에 그리움을, 깨진 마음에 보고 싶음을 밑
빠진 독에 물 채우듯이 퍼부은 날.
3천하고도 750일. 끝은 어디일까?

2018년 2월 2일
얼마나 행복했는지 왜 지나고 나서야 아는 걸까.
얼마나 소중한 건지 왜 잃고 나서야 깨닫는 걸까.
아둔함으로 나 지금 이렇게 슬프고, 아프다.

2018년 2월 3일
생일 축하해.
더없이 맑은 어여쁜 모습으로 우리 품에 온 날.
사랑한다 딸.
생일선물로 핑크빛 미니 크로스백 샀어. 가지고 가.

2018년 2월 7일
미소 띤 얼굴로 아빠라고 다정하게 부르던 너.
아직도 귓가에 맴도는 그 목소리가 아프다.
행복했던 기억들이 슬프게 하는 날.
오늘은 꼭 꿈에서라도 만나자. 잘 자라. 사랑한다.

2018년 2월 8일
속절없이 지나가는 세월의 강에 이 내 슬픔 풀어놓아
도, 아팠던 기억은 가라앉지 않고 제자리에서만 맴돈다.
너만 찾는 눈물 가득한 가슴 출렁거려 무거운 날.

2018년 2월 10일

슬픔 있는 그리움이, 아픔 있는 보고픔이 가슴 시린 아련함으로 차가운 별빛처럼 쏟아진다.

눈물 나도록 쓸쓸한 이 외로움의 끝은 너.

2018년 2월 12일

눈에 들어오는 것 전부 너야.

세상이 온통 너로 가득 차 있어 기쁘고도 힘든 날.

만질 수도, 잡을 수도 없는데 다 너라서 아프다.

2018년 2월 13일

내일이 밸런타인데이.

초콜릿 만든다고 주방이 엉망일 건데.

조용하니 이상하다.

재료는 냉장고에 그대로 있는데 안 만들 거니?

달콤한 그 맛 아직도 입안에 맴도는데 넌 어디 있니?

2018년 2월 14일
설 연휴 시작으로 길에 차들이 넘쳐난다.
오고 가는 사람들.
올 사람 있어 기다리는 이는 좋겠다.
안 오는 줄 알면서도 기다려지는 마음이 슬프다.

2018년 2월 16일
그리움 속 생각으로만 오는 너.
오늘은 나를 흔드는 바람으로 오면 좋겠다.
그리움 속 향기로운 미소로 오는 너.
오늘은 나를 깨우는 행복한 꿈으로 오면 좋겠다.
너 없는 설날 아침 허전하다.

2018년 2월 17일
세배한다고 친구들 왔다.
세월이 이만큼이나 지났는데도 잊지 않고 꼬박꼬박
찾아와주는 애들이 참 예쁘다.
예쁜 H, 오는 5월에 결혼한다고 하더라.

2018년 2월 19일

함께 했던 그 시간으로 되돌아갈 수 없을까.

내 남은 모든 날과 너와의 하루를 바꿀 수만 있다면.

그럴 수만 있다면, 나 기꺼이 그렇게 할 건데.

2018년 2월 20일

음력 생일에 무엇을 해줄까. 먹고 싶은 거 말해.

늦은 시간 장보기.

광어회와 회 초밥, 스테이크용 고기.

맛있게 먹는 너, 생각만으로도 기분 좋아진다.

2018년 2월 22일

매일 허공에다 혼자 하는 이야기.

이건 이렇고, 저건 저렇고.

그래서 나빴고, 이래서 좋았고.

답해주는 너 없으니 말을 해도 속 시원하지 않다.

2018년 2월 24일

종일 생각나고, 더 보고 싶은 날이 있지.

모든 것이 더 허망하게 와닿을 때가 있지.

가슴 서걱거리는 소리가 더 서럽게 느껴지는 그런 날.

바로 오늘 같은 날.

2018년 2월 26일

하루는 지루하고 길지만 남은 나의 시간은 많지 않을지도 모른다는 생각에 행복해진다.

돌아보면 바람같이 지나간 순간들.

2월의 끝자락, 꿈인지 생시인지 모르는 나처럼 봄과 겨울이 뒤얽혀 있다.

2018년 2월 27일

꽃 피는 계절 오면 만날 수 있을까.

오늘도 기다림으로 하루를 보낸다.

기다림의 반복 속에서 지쳐 살아가다가, 축복 내린 어느 날 너에게로 가겠지.

여기 없어도 여전히 널 사랑한다.

2018년 3월 1일

어제 내린 비로 날이 차갑다.

오곡밥과 나물, 부름 꼭 해야 한다고 할 건데.

귀찮아도 늦은 시간 정월 대보름 장보기.

있으나 없으나 똑같은 너.

2018년 3월 4일

바람 빛깔은 달라지고 있는데, 너에게로 가는 숲길은 여전히 갈색의 겨울빛.

계곡의 물은 얼음 밑에 갇혀 있고, 바람은 따갑기만 하다. 너 보고 돌아서는 마음같이 버석거리는 풍광이 서럽다.

십 년을 넘도록 매주 오고 가도 다른 세상같이 낯선 곳.

2018년 3월 5일

딸아, 꼬맹이 데리고 가려는 건 아니지?

수술한 뒤 잘 먹고 잘 논다고 안심하고 있었더니, 또 피를 쏟네.

애 고생하면 어쩌지?

조금 더 함께하고 싶은 마음 욕심일까.

2018년 3월 7일

회색 하늘 금방이라도 쏟아질 것같이 무겁다.

냉기 품은 비 세차게 떨어지더니 눈으로 오네.

가기 싫은 계절의 심술인가.

온기 스며들 곳 없는 시린 마음이 더 추워지는 날.

넌 춥지 않니?

2018년 3월 11일

떠난 자리의 허함이 말로 할 수 없을 만큼 크다지만,

이토록 외롭고 가슴 아픈 줄 누가 알까.

잠들지 못하는 밤이 길기만 하고, 꾸는 꿈조차 차갑다.

이 밤에라도 떠나면 축복일 건데.

2018년 3월 14일

사탕 한 아름 안고 들어와서 내내 조잘거렸을 너.

금방이라도 "아빠, 내 사탕에 손대지 마."

그 목소리 들릴 것 같은 조용한 화이트데이.

2018년 3월 15일

그리움 뭉글거리는 날.

스쳐가는 계절 위로 비가 내린다.

떠나는 자의 아픈 눈물 같은 비가, 남겨져 서러운 마음에 차갑게 젖어든다.

잠재울 수 없는 상념으로 먹먹해지는 가슴.

어찌해야 하나.

2018년 3월 17일

예쁜 내 딸로 이 세상에 와주어서 고마워.

아빠로 함께할 수 있어서 행복했어.

다음 생에도, 다른 하늘 밑에서도 내 딸로 꼭 다시 만나자.

못 해준 게 너무 많아서, 부족한 게 너무 많아서 미안했다.

사랑한다.

2018년 3월 20일

바람처럼 지나가리라.

그렇게 생각할수록 그리움은 더 젖어들고 차가운 바람만이 가슴 후비는 저녁.

언제쯤이면 볼 수 있을까.

남은 내 시간의 끝은 언제일까.

기다림이 능소화로 피어날 때 함께할 수 있을까.

외롭다.

2018년 3월 21일

함박눈과 비가 섞여 내리는 춘분.

꽃망울 터지는 봄날에 꽃샘추위가 없을까마는 피어나는 노란 개나리꽃 위 잔설이 나처럼 애처롭다.

춥고 눈 온다고 포기하거나 떨어지면 안 돼.

2018년 3월 23일
봄날 아지랑이 같은 그리움.
온몸을 감싸며 몸살처럼 찾아든다.
미치도록 보고 싶다.
그리워하다, 미워하고 원망하는 날.
너에게로 가는 길 걸음걸음 아프기만 하다.

2018년 3월 24일
모든 게 귀찮아 눈조차 뜨기 싫은 날.
슬프다, 아프다는 말조차도 사치인 듯한 날.
소리 없이 사라져 버리면 좋을 듯한 그런 날.
오늘.

2018년 3월 26일
화사해서 시린 봄날 시퍼런 그리움이 가슴 베는 날.
잘 지내고 있니?
다시 만날 날 너도 기다리니?
몇 번의 봄이 나에게 남아 있는지 너는 아니?

2018년 3월 29일

고운 봄빛 여기저기 스며들수록 더 서글프고, 아파지는 그리운 마음.

오늘은 흐드러지게 핀 벚꽃 위에서 서성인다.

너 볼 수 있을까 하고.

2018년 3월 31일

연분홍과 하얀빛이 넘실거리는 봄.

나에게는 덤덤한 무채색의 계절일 뿐.

나는 그래도 너의 봄은 화사하고 아름다워라.

2018년 4월 1일

투명한 초록빛으로 세상이 물들어가는데, 나는 여전히 시린 겨울 속에 있다.

이 봄처럼 아무 일 없었다는 듯이 너 오면 좋겠다.

꽃길 따라, 바람 따라 그렇게 오면 좋겠다.

2018년 4월 3일

세상에서 제일 슬픈 일은 함께할 수 없는 것.

바람으로, 별빛으로, 구름으로, 햇살로, 돌로, 그림자처럼 내 곁에 머물러 있어도 허한 마음 슬프다.

2018년 4월 4일

꽃 흐드러지게 피어 눈부신 날.

눈물 고인 가슴이 향기로움에 취해도 너 손꼽아 기다리는 마음은 서럽기만 하다.

2018년 4월 5일

누군가 떠났다는 말은 언제나 가슴 아프다.

그 어떤 이별도 슬프지 않은 건 없으니까.

가는 그곳이 여기보다 더 편안하고, 더 좋은 곳이라 할지라도 헤어짐은 슬프다.

2018년 4월 7일

이 악몽에서 깨면 너 있을 거란 기대.

그 간절함이 잿빛 같은 슬픔이라도 기다린다.

이 기다림의 끝이 내가 찔려 피 흘리는 가시넝쿨 같은 아픔이라 할지라도.

2018년 4월 11일

늘 함께하는데도 사진으로만 볼 수 있는 너.

추억하는 것 외에는 할 수 있는 게 없어 슬프다.

함께 한 모든 게 짧은 꿈인가 싶은 날.

감은 눈 떴을 때 너 서 있으면 좋겠다.

2018년 4월 13일

너 없이 만나는 열한 번째 봄이 거친 바람에 지고 있다.

꽃비 사이로 라일락 향기 짙게 번지는 날.

딸, 감기 든다. 너무 얇게 입고 다니지 마.

2018년 4월 19일
불안함에 불면의 밤이 쌓여간다.
너 있는 그곳 얼마나 가까워졌을까?
만날 수는 있겠지? 함께할 수는 있겠지?
천장이 빙빙 돌아 어지럽다.

2018년 4월 22일
내 딸이어서 너무 행복했다.
함께한 시간 너무 좋았다.
　그 행복만큼, 그 좋았던 시간만큼 아픔이 가슴을 찢
는다. 지금.

2018년 4월 23일
슬픔으로 하루를 살고, 아픔으로 또 하루를 견디고.
그리움으로 남겨진 네 흔적으로 세월을 보낸다.
나, 지금 뭐 하고 있는 거지?
왜 이래야 하는 거지?

2018년 4월 25일

지금처럼 미치도록 보고 싶을 때, 그 그리움 눈물 되기 전에 볼 수 있었으면 좋겠다.

영원한 것은 없으니 멀지 않은 날 나도 너 있는 하늘 밑으로 가겠지.

가는 저 봄, 내 마지막 봄이면 좋겠다.

2018년 4월 27일

잘 지내니? 행복하지?

나? 울다 웃다 하면서 그럭저럭 보내.

사실은 내 마음 어떤지 이제는 나도 모르겠어.

내가 누구인지도 모르겠어.

2018년 4월 29일

초록으로 짙어가는 잎들이 반짝인다.

너 보러 가는 길은 늘 허전하고 아프다.

물소리, 바람 소리, 한숨 소리만 가득한 숲길이 외롭다.

강산이 바뀐다는 세월 지났는데 익숙해지지 않는다.

2018년 5월 4일

한여름날 꿈같고, 신기루 같은 너.

함께한 행복만큼 원망도 쌓여간다.

오고 가는 계절 흘려보내다 보면 보는 날 오겠지.

설움 같은 그리움, 허한 가슴에 눈물을 적신다.

2018년 5월 5일

대학생이 되어도 어린이날 선물 안 준다고 칭얼대던
너. 오늘 어린이날인데 너는 없네.

서서 구경하던 그 상점에 선물이 가득 쌓여 있는데,
지금 어디서 뭐 하고 있니?

한번 오렴, 보고 싶다 예쁜 내 딸.

2018년 5월 8일

꿈에서조차 볼 수 없어서 밉다.

오늘따라 더 그리운 게 어버이날이라 그런가.

색종이로 만들어주던 빨간 카네이션꽃이 그립다.

날은 저물고 있는데 넌 안 오는구나.

홀로 앉아 있는 하루여서 쓸쓸함이 처량해지는 날.

이런 날 정말 싫다.

2018년 5월 9일

눈 떠도, 감아도 생각나는 그리운 날들.

외롭고 긴 기다림 끝 너를 만나는 그 어느 날, 품에
안으며 꼭 해주고 싶은 말.

"사랑한다."

2018년 5월 11일

물먹은 솜처럼 처지는 몸살 같은 날이 있지.

무엇이 그리 서러웠던지 울면서 깬 새벽.

이 지독한 그리움 언제쯤 나를 놔줄까.

2018년 5월 12일

괜찮을 줄 알았는데 괜찮지 않더라.

자꾸 어지럽더라.

지난 기억이 아련하게 밀려오던 네 친구 결혼식.

비가 왔다.

2018년 5월 14일

행복했던 만큼 아프게 오는 너의 흔적.

반짝이는 햇살처럼 와서 무지개처럼 피었다가 바람처럼 홀연히 가버린 너.

떠나서 행복하지? 남겨진 우린 아직도 아프다.

2018년 5월 16일

허전하다. 숨이 막혀 죽을 것 같다.

초점 잃은 눈으로 캄캄한 하늘만 쳐다본다.

잠들지 못하고 눈물에 젖는 밤.

2018년 5월 19일

흐려지는 기억에도 네 모습은 또렷하기만 하다.

보게 되겠지. 보고 싶은 마음 쌓다 보면 만나겠지.

바보 같은 마음 오늘도 그리움에 잠긴다.

2018년 5월 20일

웃고 있는 줄 알았더니 속으로 혼자 울고 있었나 보다. 쫑알쫑알 병아리 같더니 혼자 아픔을 삭이고 있었나 보다.

그렇게 아픈 줄도 모르고, 까마득하게 모르고 미안하다.

정말 미안하다.

2018년 5월 25일

시간 가면 지나갈 거라고 스스로 위로해도, 멈춘 시간은 움직이지 않더라.

서럽고 시린 마음에 초 하나 밝히며 보낸 시간이 아프다.

거칠던 바람 어둠 속에 잠든다.

2018년 5월 26일

하루를 견디면 또 하루가 기다리는 악몽 같은 시간.

가시처럼 박혀 있는 슬픈 기억 떨쳐버릴 수 있게, 내 마지막 새벽이길 기도한다.

2018년 5월 28일

아무 일 없었다는 듯이, 아무 일 없다는 듯이, 또 그렇게 언제나 아무 일 없는 듯이 살아가는 나는 도대체 누굴까.

2018년 5월 30일

여기 분명 있는데, 눈에는 없지만 마음으로 느껴지는 너.

내 눈 안에 너를 담고, 네 온기 느끼며 안아보고 싶다.

2018년 6월 1일

시간은 쉼 없이 흘러가는데, 멈춘 시간 속을 헤매며 널 찾고 있는 나.

퇴색되어가는 시간을 붙잡을 수 없어서 슬프다.

2018년 6월 2일

어두운 하늘에 총총히 박혀 있는 별을 본다.

머리 위에 별이 있는 것조차 잊고 지내던 멍한 날들.

그리움 오늘은 푸른 은하수 되어 너에게로 간다.

2018년 6월 3일

굳은 표정에 말수는 줄어들고, 텅 빈 눈동자에 잦은 한숨.

갈수록 아픔이, 슬픔이 끝없이 깊어만 가는 네 엄마.

어쩌면 좋으니?

꿈에서라도 손 잡아주고 안아줘.

2018년 6월 5일

너 없는 세상 좋아. 보고 싶지도, 그립지도 않아.

너 없어도 신명나고 행복해.

하루하루 나 미쳐가나 보다.

2018년 6월 6일
너하고 이야기하고 싶을 때 어떻게 하지?
지치고, 포기하고 싶을 때는 또 어떻게 하지?
그리운 너 찾아가고 싶을 때는 나 어떻게 하지?

2018년 6월 7일
바람결에도 네 소식 들을 수 없네.
세월 따라 홀로 길어져가는 외로움의 그림자.
구름에 애달픔 띄워 보내는 하루.
너는 어디서 지금 무얼 하고 있을까.

2018년 6월 8일
나에게는 그리움이 있지.
차디찬 얼음꽃 같은 아프고 슬픈 그리움이 있지.
가슴에 새겨진 화인 자국 같은 그리움이 있지.
네가 준 선물. 고마워.

2018년 6월 9일

날이 갈수록 바래고 희미해져간다.

너의 자취가, 너의 흔적이, 너와의 시간이 세월에 스쳐서 엷어지고, 해지고 있어 안타깝고 슬프다.

2018년 6월 11일

왜 이렇게 사는 걸까. 점점 지쳐가는 마음에 포기하고 싶은데, 왜 이러고 있는 걸까.

오늘이라도 내 세상 끝을 보고 싶다.

2018년 6월 13일

권리고 의무라며 투표하러 가자고 조잘거리며 재촉하던 목소리가 귓가에 맴돈다.

그 목소리 듣고 싶은 투표일.

2018년 6월 16일

앞서가는 아이들 웃음소리 속에, 뒷모습에 익숙한 기억 있어 가슴 뛰던 날.

보고 싶어 내 하늘에 너만 가득했던 하루.

2018년 6월 17일

그리움 짙어져 차가운 눈물 되고, 시린 눈물 고여 마디마디 아픔이 된다.

이 슬픔의 날 멀지 않아 끝날 거라는 믿음, 오늘을 숨 쉬게 한다.

2018년 6월 21일

이젠 소용없는 일이라고, 그리워하지도, 기다리지도 않겠다고, 미련을, 마음을 눌러 밟으면서 매일 이별 연습을 해도 돌아서면 또 그리워진다.

2018년 6월 22일

회한만 가득한 시간.

한숨만, 눈물만 켜켜이 쌓여간다.

내 사랑이 부족했었지? 미안하고 또 미안하다.

2018년 6월 24일

너를 잃고 가지도 못하고 이렇게 살아가야만 하는 나는 얼마나 무거운 죄를 지었던 걸까.

전생에 지은 죄 이승에서 지금 벌 받는 거지.

숨 쉴 때마다 아프고 슬프다.

2018년 6월 25일

네가 애정하고 아꼈던 모든 것, 네 숨길과 손길을 대하는 듯하여 언제나 그대로 있기를 바라는 마음이 애처롭다.

2018년 6월 27일

억센 비 내리고 천둥, 번개 요란한 날.

무거운 먹장구름이 내 아픔 같은 날.

숨어서 소리 죽여 울지 않아도 되는 날.

목 놓아 울 수 있어 속 시원한 날.

2018년 6월 28일

원망하는 마음으로 슬픔을 견딘다.

미워하는 마음으로 심연 같은 아픔을 건넌다.

오늘은 다 내려놓고 슬픔 따라 출렁이기.

2018년 7월 3일

쏟아지는 빗소리가 서글픈 새벽.

잠들지 못하고 돌아다니는 바람 소리마저 외롭다.

약속 없이 떠났을 때 다시 오지 않을 줄 알았지.

더 슬퍼질까 봐 모른 척, 아닌 척했을 뿐.

그래도 기다리는 미련함에 슬픔이 쌓여간다.

2018년 7월 5일

외로워 허기진 마음에 그리움이 깃들고, 그리움은 또 다른 그리움을 낳아 밤을 지새운다.

거기서 가끔은 여기 그리워하니?

2018년 7월 6일

마음이 쓸쓸해지면 습관처럼 하늘을 쳐다본다.

어디에 있는 걸까?

찾고 또 찾아도 보이지 않아.

어느 하늘을 보며 그리워해야 하니?

2018년 7월 8일

훨훨 날아다니도록, 되돌아보지 않게, 그만 놓아주라고 말들 하지.

아니, 안 그럴 거야.

두 번 잃는 것 같아서 절대 놔주지 않을 거야.

내가 이 하늘 밑에 있는 동안 함께 있을 거야.

2018년 7월 9일

비어있는 네 자리.

언젠가는 만나리라 믿기에 비워두는 자리.

너만 생각하면 못 해준 게 많아서 눈물 나고, 후회되는 게 많아서 가슴 아프다.

올 거지?

억겁의 시간 돌아서라도 틀림없이 올 거지?

2018년 7월 10일

내가 찾아갈 그곳.

너 그렇게 급히 갔으니 틀림없이 좋은 곳이지?

멀지 않은 날 만날 거야.

내 영혼 자유로울 날 곧 올 거야.

2018년 7월 12일

넌 아니?

얼마나 많은 그리움이 너를 찾아 헤매고 있는지.

얼마나 많은 눈물이 너를 못 잊어 흐르고 있는지.

내가 얼마나 사무치게 보고 싶어 하는지.

2018년 7월 13일

너 없어서 아프고, 못 봐서 아프다.

하루도 슬프지 않은 날이 없어 늘 아프다.

넌 어떠니, 행복하니?

네가 좋고 행복하다면 내가 아프고 슬퍼도 좋아.

2018년 7월 16일

늦은 시간 초복 장보기.

복달임 안 해주면 꿈에서도 시끄러울 거니까.

닭과 전복, 그리고 찹쌀, 마늘, 인삼으로 삼계탕 끓일 준비.

올 들어 처음 듣는 매미 소리가 시끄럽다.

2018년 7월 20일

너 없는 긴긴 시간 위에 쌓여가는 그리움.

그 허한 그리움을 아픈 눈물로 채우는 날들.

얼마나 더 많은 시간을 슬픔으로 적셔야 볼 수 있을까. 미워하면 덜할까.

꿈에조차 오지 않는 너, 원망만 쌓아간다.

2018년 7월 22일

더위도, 추위도 참 싫어라 했지.

그래도 누구보다도 잘 견뎠지.

여름에는 "아빠 빙설."

겨울에는 "아빠 콩국."

그러던 딸 참 그립다.

2018년 7월 24일

불볕더위에도 시린 가슴.

이 마음, 이 슬픔 넌 알까?

혼자 안고 가야 하는 슬픔이라, 그 아픔 어디에도 풀어놓을 곳 없네.

다음 생애에 부모 자식 인연 바뀐다면 알까.

2018년 7월 26일

쩔쩔 끓더니 최고 기온을 찍은 중복 전날.

전복회와 전복죽, 복달임으로 미리 해서 준다고 구시렁거려도 할 수 없어.

주문한 전복이 하루 일찍 도착해서 그래.

2018년 7월 30일

어디 가는지 말하지 않았지.

왜 가는지 묻지도 못했지.

너 있는 곳 어딘지, 얼마나 먼 곳인지 모른다.

언제 돌아오는지도 난 모른다.

너 떠난 이후부터 아는 게 하나도 없다.

2018년 8월 2일

저편 하늘 그곳은 어떤 곳일까.

간절하면 이루어진다던데.

이 마음 하늘에 닿으면 그곳에 갈 수 있을까.

거긴 덥지 않니? 잘 지내고 있니?

2018년 8월 3일

눈 감으면 함께한 시간이 떠오른다.

어린 시절로 다시 돌아가고 싶지는 않지만, 너와 함께했던 그 시간만은 다시 갖고 싶다.

다 못 준 사랑 후회 없도록 주고 싶다.

2018년 8월 5일

열탕 같은 뜨거움 위에 한 줌의 바람이 머문다.

열기 흩어져도 숨 막히는 열대야에 잠은 설치지 않니?

더위에 어디 아픈 데는 없니?

있으나 없으나, 자나 깨나 걱정이 앞선다. 사랑한다.

2018년 8월 6일

네 핸드폰 보는 시간이 많아진다.

여전히 폰 안에 있는 너의 지난 시간.

보관된 문자와 사진을 보다가 광고 문자 알림에 놀란 가슴 쓸어내린다.

네 폰 가지고 가서 연락 한번 줘.

2018년 8월 10일

괜찮은 것처럼, 아무 일 없는 것처럼 미소 지으며 가는 날 기다리지.

왜 버텨야 하는지도 모르면서 주저앉는 자신을 다독이는 나, 참 불쌍하다.

2018년 8월 14일

허망한 마음에 쓸쓸함 깃드니 무엇으로도 어찌할 수 없는 날.

아픈 마음은 네 다정한 목소리와 눈빛 그리워 하늘을 헤맸는데 넌 없었다.

2018년 8월 21일

계절이 오고 가는 길목.

나뭇가지에 걸려 떨고 있는 바람처럼 성급하게 가을
을 보는 마음이 아프다.

오는 빛은 고우나 너 보낸 그 날처럼 슬프겠지.

세월 갈수록 심해지는 아픔과 슬픔.

숨겨야 하는 마음이 힘겹다.

2018년 8월 22일

바람 같고, 구름 같은 인연.

그 인연으로 마음이 더 아플 때가 있지.

산다는 게 뭘까. 죽는다는 것은 또 무엇이고.

답해주는 이 없는데 넌 알고 떠난 걸까.

2018년 8월 24일

매장에서 일회용 컵 사용 못 한다기에 컵 하나 샀다.

별다방 콜드브루 메이슨자 올해 한정판.

조금 무겁던데 괜찮지? 깨지면 다치니 조심해서 써.

2018년 8월 25일

가을이 오기도 전에 벌써 아프다.

별일 없듯이 애써 외면해도 고이는 눈물.

서러운 마음에 텅 빈 시간이 밀려든다.

2018년 8월 27일

꿈에라도 찾아와 얼굴 보여주면 좋겠다.

내 마음 어떤지 알아주면 좋겠다.

너도 많이 그리워하고, 보고 싶어 한다고 말해주면 좋겠다.

2018년 8월 28일

한번만이라도 너의 온기 만질 수 있고 너를 안아볼 수 있다면, 그럴 수만 있다면 내 영혼이라도 팔 건데.

2018년 9월 1일

안타까움으로 가슴 쥐어뜯는 하루.

네 생각에 아프고 아프다.

꿈에서조차 찾아 헤매는 나.

이것도 욕심이라 내려놓으면 편해질까.

2018년 9월 3일

잘 지내니? 행복하냐고 묻고 싶은데, 고개 끄덕이면
얄미운 마음 들까 봐 묻지 못한다.

보고 싶어도 꿈에서도 볼 수 없는 너.

넌 보고 싶지 않은가 보다.

2018년 9월 5일

편안하게 마음먹으면 괜찮아진다는데 그런다고 허한
마음 달래질 리도 없고, 더 나빠질 것도 더 떨어질 곳
도 없으니 지금처럼 난 멍하니 그냥 있을 거다.

2018년 9월 6일

가을이다, 아프지 말자.

서늘한 바람 속에 쓸쓸함이 깃들고 외로워지는 가슴에 슬픔만 그득하다.

여기도, 저기도 그리움뿐.

말만으로도 벌써 눈물 가득하여 출렁이니, 이번에도 아플 것 같다.

2018년 9월 9일

너 참 아깝다. 네 모든 것이 다 아깝다.

보지 못한 날 손꼽을 때마다 아까운 마음 더해간다.

세월 갈수록 너도, 나도 안타깝기만 하다.

2018년 9월 10일

저기서 걸어오는 가을을 본다.

쓸쓸한 가을이라서 마음부터 추워진다.

가을은 늘 그랬듯이 아픔이 되어 눈물을 기억하게 하고, 두려움에 그림자마저 움츠러들게 한다.

저무는 노을빛처럼 외로움 속으로 또 하루가 저문다.

2018년 9월 11일

소풍 온 듯 잠시 머물다 가는 인생.

풍족하지 못해도 바람같이, 강물처럼 흘러가면 좋으련만, 그렇지 않은 불쌍한 영혼.

전생에 지은 죄 지금 벌 받는 거지.

2018년 9월 13일

그리움이 또 다른 그리움으로 피어나서 눈물 많은 날.

보고 싶은 마음이 생채기 되어 아픔의 흔적을 남긴다.

아픔이 밀려올수록 더 간절해지는 마음 어쩌면 좋니?

2018년 9월 14일

견디기 버거운 일들 밀려들어 가슴 시리다.

기댈 곳 없는 나, 참 불쌍하다.

그동안 뭐 하면서 살았을까.

외로워질수록 그리워지는 까닭은 또 뭘까.

마음속에는 너만 가득하고 나는 없다.

2018년 9월 16일

유난히 더 눈물 나게 보고 싶은 날.

다녀오겠다는 인사가 이토록 긴 이별 될 줄 꿈에도 몰랐다.

미치도록 보고픈 날이 이렇게 많을 줄 정말 몰랐다.

모르는 것 많은 나를 일깨워주는 너.

2018년 9월 18일

마르지 않는 가슴 눈물로 출렁이고, 시간이 말려줄 거란 헛된 기대 서러움만 자라게 한다.

뒤돌아보지 않으리라는 다짐이 공허하기만 한 하루.

2018년 9월 19일

가을비 추적추적 내리는 밤.

젖은 아픔만 있는 빈 가슴.

여긴 어둡고 칙칙한데 그곳은 어떠니?

2018년 9월 20일

나의 하늘에는 어두운 절망만이 존재한다.

끝없는 슬픔이 유황불 되어 이글거리는 곳.

맑은 빛 가득하던 그곳은 네가 떠난 날 지옥이 되었다.

2018년 9월 24일

모두 길 떠난 빈 세상에 나 홀로 서 있다.

모든 것이 일시에 서버린 듯한 날.

오고 가는 이 없어 공기마저 삭막하다.

너 없는 추석. 참 별로다.

2018년 9월 25일

살다 보면, 힘들어도 살다 보면 날씨 좋고, 볕 좋고, 하늘도 맑고, 바람도 잘 부는, 먼 길 떠나기 딱 좋은 날 만나겠지.

올 거야, 그런 날.

2018년 9월 28일

홀로 버려진 서러움에 눈물 많은 세월.

오늘도 뜬눈으로 지새운다.

네 생각에 흘린 한숨.

부디 바람에 묻혀가 네 볼에 닿기를.

2018년 9월 29일

가을을 먼저 알고 슬픔 느끼는 가슴.

심장을 도려내는 아픔을 가면 쓰고 웃어야만 했던 가짜도 가을에는 진짜가 된다.

목 놓아 울고 싶다.

2018년 9월 30일

눈에 보이는 모든 것이 절망이었지.

슬픔과 아픔만이 가득했었지.

채워지지 않는 허무함에 쓰러졌던 숱한 날들.

그 계절이 또다시 내 안에 와 있다.

2018년 10월 2일

신병처럼 아픈 것은 가을이 왔다는 거지.

너 떠나면서 깊게 각인해 놓은 슬픔으로 아픔 속에 가라앉는 계절이 되었다.

올가을은 또 어떻게 견디나.

빈 세상에 길어지는 내 그림자만 있다.

2018년 10월 6일

세찬 바람과 비에 가을이 물들어간다.

가을빛 고와질수록 외로워지고, 아린 가슴은 너 있는 그곳으로 가길 원한다.

2018년 10월 8일

세상이 서러우니까 불어오는 바람조차 미운 날.

일상 같은 슬픔 모른 척하고 싶지만 순간마다 흔들리고 출렁인다.

가을빛 화려해질수록 먹먹해질 가슴, 나 어쩌지?

넌 이 가을이, 이 시월이 어떠니?

2018년 10월 10일

너 없음이 일상의 풍경이 되고 세월 흘렀다고 안 보고 싶은 건 아니더라.

시간의 무게만큼 더 그립고, 보고 싶어지더라.

너 못 본 지 4천 일이 지났다. 참 야속하다.

2018년 10월 11일

"행복하지? 좋지?"

"응, 행복하고 좋아. 아주 좋아."

나 혼자 묻고, 내가 답하고, 나 혼자 듣는 아픈 하루.

너 참 얄밉다.

2018년 10월 12일

아무렇게 살지 않아도 삶은 여전히 퍽퍽하고 가슴엔 잠시도 잊히지 않는 아픈 기억 가득하다.

떠올리기 싫은 슬픈 가을 이야기에 오늘도 다리 걸려 넘어진다.

2018년 10월 15일

가을이 익어갈수록 깊어가는 슬픔.

텅 빈 풍경만 슬픔 위로 내린다.

세상은 변함이 없는데 나만 아프고 슬프다.

서러운 마음에 가을빛이 밀고 들어오니 출렁이던 가슴, 기어이 참았던 눈물 쏟는다.

2018년 10월 18일

드높아진 하늘에 바람이 선선하다.

세월 가는 소리에 고개 들어보니 아픔의 기억 갈바람에 혼자 나부끼고 울긋불긋한 가을이 내리고 있더라.

2018년 10월 19일

내 뜻대로 살아지지 않는 게 삶이더라.

포기하려 해도 멈춰주지 않더라.

야멸차게 냉정하고 차가운 게 너를 닮았더라.

2018년 10월 21일
갈바람이 스쳐간다.
 갈수록 횡해지는 마음, 성질 급한 낙엽 위에 뒹굴고
잃어버린 시간은 푸른 하늘에서 펄럭인다.
 그날의 기억을 지우고 싶은 날.

2018년 10월 28일
박제되어 내 가슴 속에 있는 그 시간.
내내 두렵고 소름 끼치던 그날의 기억들.
그것 또한 지나갈 거라 하더니 지나가더라.
지나온 날들보다 더 아프고 슬프게.

2018년 10월 29일
곱게 물든 계절인데 난 잿빛 모노톤.
슬펐던 어제의 기억으로 여전히 공허한 마음.
원해도 올 수 없는 너로 텅 비워진 가슴.
넌 눈물이다.

2018년 11월 5일
텅 빈 마음에 아픈 가을이 들어왔다.
눈물 젖은 가슴 슬픈 가을을 품었다.
떠나보낼 수도, 외면할 수도 없는 계절.
그래서 나도 가을이 된다.

2018년 11월 6일
울음소리 가득 품고 있는 먹먹한 가슴속.
　하고 싶은 말도, 날 선 원망의 말도 많은데 잘 지내
냐, 행복하냐는 말만 한다.

2018년 11월 11일
어느 날 갑자기 바람처럼 가면 어이하라고.
찢겨 버려진 내 마음은 어이하라고.
언제쯤 이 쓸쓸한 풍경에 익숙해질까.
너 참 못됐다. 너 진짜 나쁘다.

2018년 11월 13일

주저앉아 멍하니 하늘만 쳐다보고 있는 저 남자.

나 같네.

하늘에다 삿대질하며 통곡하고 있는 저 남자.

나 같네.

이리저리 바람에 밀리다 흩어지고 있는 저 구름도 나 같네.

2018년 11월 14일

내일이 수능 치는 날이네.

그냥 그렇다고. 내가 뭐래?

네 생각 하나도 안 난다고. 정말이야. 전혀 안 나.

그냥 아깝다는 마음만 조금.

2018년 11월 18일

예전에 물었지.

자기가 없으면 어떻게 할 거냐고.

너 없이 어찌 살아? 한순간도 못 산다고 말했지.

그랬던 나 참 웃긴다.

십 년도 더 넘게 너 없는 여기에 있다.

2018년 11월 21일

미소로도 숨길 수 없는 슬픔과 물기 어린 눈빛.

현실은 언제나 모질게 아프고, 슬프다.

곧 돌아올 거라고, 만날 거라고 거짓말이라도 해줘.

2018년 11월 22일

그래, 다행이지.

좋다고 하니까, 너 행복하다고 하니까.

나에게 하는 이 혼잣말이 너 없는 지옥에서 견디게
한다.

2018년 11월 23일

드센 바람이 종일 낙엽 날리던 겨울 길목.

마음길 서성이던 그리움 가슴에 눈물로 고인다.

밤공기가 제법 차갑다. 따뜻하게 잘 덮고 자.

2018년 11월 27일
이 세상 그 누구보다도 맑고 환하게 빛났지.
향기로운 꽃 같고 영롱한 별 같았지.
나에게 너는 세상 모든 빛이고 사랑이었지.
그랬지. 그랬었지.

2018년 11월 28일
숱한 그리움이 설움으로 응어리 되어 슬프게 한다.
시간 가도 변하지 않는 이 허전함은 언제 끝나려나.
내 기다림의 끝이 절망일지라도, 놓을 수 없는 미련
이 오늘을 살게 한다.

2018년 12월 2일
바람이 차갑다.
낙엽 날리는 거리에 쓸쓸함이 뒹굴고 있다.
차갑던 네 입술, 그 마지막 입맞춤이 가슴에 가시처
럼 박혀 나를 아프게 한다.
미안하다.

2018년 12월 3일

넌 변함없이 네 방에 있고, 맑은 웃음소리 지금도 들리는데, 왜 볼 수 없고 안을 수가 없을까.

꿈인가? 너를 만나는 꿈속의 꿈인가.

2018년 12월 6일

간절한 마음 구름에 실어 보내면 너에게 갈까.

애타는 그리움 저 달에 빌면 너에게 전해질까.

애절한 보고픔 어디에 부탁하면 너에게 닿을까.

2018년 12월 7일

손대면 쨍하고 깨질 것만 같은 메마른 하늘.

모질어진 바람에 절로 움츠러드는 어깨.

서러운 마음 가득했던 계절 떠난 자리에 따스한 마음 그리워지는 차가운 계절이 왔다.

딸아, 머플러 가져가서 하고 다녀.

2018년 12월 8일

보고픔 높게 쌓아가던 날들.

그 높이만큼, 그 깊이만큼 외로워진다.

차가운 바람에 멈춰버린 심장이 얼어가는 계절.

나 홀로 어쩌하나.

2018년 12월 12일

간절한 보고 싶음은 그리운 마음이다.

가슴 아린 그리움은 푸른빛 슬픔이고, 슬픔 사이로
흐르는 눈물은 너의 아픔이다.

2018년 12월 13일

너는 하고픈 대로 할 수 있어서 좋겠다.

어디든 훨훨 날아다닐 수 있어서 좋겠다.

그리워하는 사람 많아서 참 좋겠다.

2018년 12월 14일

멍하니 하늘만 쳐다보다가 하루를 보낸다.

가는 건 세월이고 나는 늙어간다.

엉겨붙은 외로움 다 내려놓는 날.

깨지 않는 잠을 자고 싶다.

2018년 12월 16일

눈 맞으며 걸어서 너에게 간다.

눈 온다고 장갑이랑 외투 챙겨서 눈사람 만들던 너.

펄펄 날리는 눈송이 사이로 예쁜 너도 함께 내려오던 날.

2018년 12월 23일

네 모습 옅어질까 봐 매일 사진을 보고, 행여 또 잃어버릴까 봐 뜬눈으로 지새운다.

이런 마음 어떤 건지 넌 모르지?

2018년 12월 25일

오늘 같은 날은 이른 시간부터 외출 준비로 분주했지.

너 나간 자리, 여기저기 벗어던져놓은 옷들이 수북했지.

그 소란스러움 보고 싶다.

가슴속 한 자락이 유난히 더 시렸던 고요한 25일.

2018년 12월 26일

저무는 한 해. 저물어가는 삶.

바람은 차가워지고 쓸쓸함은 짙어간다.

시간이 흘러도 넌 여전히 그때 그 모습으로 예쁘구나.

그리움 높게 쌓여갈수록 원망스럽기도 하지만, 여전히 사랑한다.

2018년 12월 28일

차갑다 못해 가슴 아린 바람이 분다.

얼어붙는 나의 날들.

마주 볼 날 올 거라는 기대, 차가운 바람 속에서 홀로 떨고 있다.

2018년 12월 31일
낡은 시간 위로 수북이 쌓인 그리움.
그리움의 키만큼 한숨이 쌓여간다.
일 년을 또 과거로 흘려보내며 너를 생각한다.

2019년

2019년 1월 1일

새해 첫날 내 눈에 너만 가득하여 아무것도 안 보이고 아무것도 안 들리던 날.

오늘 하루 어떻게 지냈니?

아프지 말고 행복해라. 사랑한다.

2019년 1월 6일

아프지 않은 날이 없지. 늘 아프다.

딸 가고 난 뒤로 몸도, 마음도 아프다.

사는 게 다들 그렇다고 하지만, 하루하루가 참 잔인하기만 하다.

2019년 1월 8일

악몽 같은 시간을 살다 떠날 때 곁에 누가 있을까.

먼 길마저 혼자라면, 그 외로움 어찌 견디며 서러워서 어떻게 떠날까.

네 손 잡고 갈 수 있게 꼭 마중 나와야만 해.

2019년 1월 9일

순간이 영원한 것은 없다더니 하늘 무너지던 그날의 기억은 세월 가도 그대로다.

매일 불면의 밤으로 뜨거운 화인 되어 가슴 후벼파는 슬픔의 기억은 나 떠나야만 끝나겠지.

2019년 1월 10일

바람같이 날아 만나러 갈 수 없어서 여기 돌처럼 앉아 기다린다.

먼지처럼 흩어져 너 볼 수 있는 그날을 기다린다.

2019년 1월 11일

분명 네 목소리 같고, 네 웃음소리 같았는데 찾을 수 없네.

바람처럼 스쳐갔니?

한번만 더 다녀가거라. 보고 싶다.

2019년 1월 12일

차가운 바람 속에 비가 내린다.

비 오면 오는 대로, 바람 불면 부는 대로 그립고 걱정
되는 너.

아픔은 견딜 수 있으나 그리움은 어찌 이리도 모질
게 힘들까.

2019년 1월 13일

머릿속이 하얗게 아무것도 생각나지 않는 순간이
있다.

자신조차 누군지 헷갈릴 때가 있다.

스스로 미워지는 마음 차올라 화가 날 때.

바로 지금.

2019년 1월 14일

생각 없는 인간처럼, 멍청한 바보처럼.

그냥 그런 척하면서 사는 거지.

아픔도, 슬픔도 다 잊은 것처럼 그렇게 지내는 거지.

아등바등 산다고 나한테 좋은 일이 뭐가 있겠어?

2019년 1월 16일
꿈이었던가. 신기루같이 사라져버린 너와의 시간.
남은 건 사진 속에 담겨 있는 너의 시간뿐.
네 스키복 자켓 입고 너를 느끼며 서성이던 하루.
더 보고 싶더라.

2019년 1월 18일
너로 인해 응어리진 설움.
날마다 차곡차곡 쌓여만 간다.
　설움은 더 큰 설움이 와서 다독거려주는데 흘러내리
는 이 눈물은 누가 닦아주려나.

2019년 1월 19일
그날이 내 세상 끝인 줄 알았는데 아직도 여기 있다.
삶의 경계선에서 외줄타기하고 있는 난 누구일까?
진짜 같기도 하고, 가짜 같기도 하고.
가면무도회 같은 세상, 난 어떤 가면을 쓰고 있을까.

2019년 1월 20일

버림받아 갈기갈기 찢긴 가슴, 시린 슬픔과 눈물 가득하다.

세찬 바람에 풍경 소리마저 심란한 날.

어지러움으로 널 그리워한다.

내게는 언제나 아픔이고 슬픔인 너.

2019년 1월 22일

"다녀올게요"라고 했지.

조심해서 잘 다녀오라고 했지.

그래서 아직도 기다리고 있는데 언제 오나.

기다리는 마음 지쳐서 어둠 속으로 떨어지고, 휑한 하늘에 시린 달빛만 가득하다.

2019년 1월 24일

너와 함께 하는 시간 다시 안 온다고 해도, 애타게 기다리는 너 오지 않는다고 해도 미련 가득한 마음 기다림에 젖는다.

이 기다림 끝날 그날을 손꼽아 기다리며 애틋한 시간 견딘다.

2019년 1월 27일

매화를 만나고 법고 소리와 범종 울림이 있던 날.

바람은 쨍하게 차갑고 하늘은 겨울빛이더라.

저기서 불어오는 바람에 네 숨결 묻어 있다면, 떨어지는 저녁 햇살에 네 향기 실려온다면, 그렇게라도 너를 느끼고 만질 수 있으면 좋겠다.

2019년 1월 28일

넌 말이야, 없다고 해도 있고, 있다고 해도 없어.

그래서 나 견딜 수 있지만 사는 게 사는 것이 아닌 날.

웃고 있다고 행복한 줄 알지?

좋아 보인다고 마음 편한 줄 알지?

무심한 척하니 다 잊은 줄 알지?

그래, 좋을 대로 생각해.

2019년 1월 29일

꽃은 누가 부르지 않아도 다시 피어나고, 계절은 찾지 않아도 제자리로 온다.

세상은 그렇게 가고 오고 돌고 도는데 슬픔은 깊숙이 구겨넣어도 여전히 앞에 서 있다.

여기는 이런데 너 있는 그곳은 어떠니.

2019년 2월 3일

예쁜 딸, 생일 축하해.

너 없는 똑같은 하루지만 오늘은 더 많이 아프다.

우리 품으로 온 그날처럼 오늘 밤에는 꿈으로 오렴.

사랑한다.

2019년 2월 4일

즐거운 설 연휴라는데 난 더 허전한 날.

기다려도 오지 않고, 오지 못하는데도 기다려져서 아프다.

잘 지내니? 뭐하니?

2019년 2월 5일

허전하고 그리워서 더 외로워지는 날.

내 맘이 내 맘 아닌 그런 날. 쥐 죽은 듯 조용하다.

네 생각에 처져내리고 마음이 애달프다.

설날인 오늘.

2019년 2월 7일

시선이 가는 곳마다 네 그림자 있어도, 전하지 못한 말들만 허공을 떠다닌다.

여기저기 휘젓고 다니는 바람처럼 외로운 하루.

떨어지는 눈물에 쓸쓸한 내 그림자 젖는다.

2019년 2월 9일

잊히지 않도록 더 아프게 추억하는 날.

삼십삼 년 전 오늘, 천사의 모습으로 우리 품에 왔었지.

고마워. 언제나 그 모습 그대로 내 안에서 살아.

사랑한다.

- 딸 음력 생일

2019년 2월 11일

봄이 왔건만 여전히 얼어 있는 가슴.

내 안에 있는 너의 꽃은 언제 피려나.

기다림의 시간 속에서 시들어 가는 나.

시도 때도 없이 슬픔 밀려드는 여기가 지옥이니, 이 하늘 밑 떠나는 날이 축복인 거지. 가고 싶다.

2019년 2월 15일

바람이 매섭다.

아픔 품은 하얀 그리움 같은 너.

습관처럼 네 생각으로 새벽을 열고, 잘 자라는 말로 어둠을 접는 나.

가슴 저릴 만큼 보고픈 날은 네가 미워진다.

지독하게 그리운 날은 원망스러워지고.

아프고 슬픈 만큼 미운데, 미운 만큼 사랑한다.

2019년 2월 16일

예쁜 옷을 봐도, 좋고 새로운 것을 봐도, 맛난 음식을 봐도 제일 먼저 생각나는 너.

여기 있을 때나, 없는 지금도, 넌 그래.

2019년 2월 17일

나는 여기에 있는데 너는 여기 없고.

너는 여전히 여기 있는데 나는 텅 비어가고.

너는 없는데도 존재하고, 나는 있는데도 흩어지고.

헷갈리는 세상.

2019년 2월 23일

빈손으로 왔다가 가는 거라고 마음을 비우고, 욕심을 버려도 너 없어 북받치는 설움은 커져만 간다.

매일 그리움에 갇혀 있다 어느 날 소리 없이 떠나면, 기억해 주는 이 없어도 너만은 기억해줘.

2019년 2월 24일

쌓여가는 시간만 멍하니 바라보는 날들.

슬픔 안고 기다리는 이에게는 느리고 길기만 하다.

그래도, 부디 억겁의 시간을 돌더라도, 꼭 너와 만나길.

2019년 3월 1일

함께했던 그리운 시간 아린 슬픔으로 오는데, 매정한
넌 꿈에서조차 볼 수 없구나.

오늘 밤은 너를 만나는 길고 긴 꿈을 꾸고 싶다.

2019년 3월 2일

꼭 너 있을 것만 같아 네 방문을 열어본다.

너도 없고 꼬맹이하고 장난치는 소리도, 깔깔거리는
웃음소리도 없더라.

꿈인 거야. 난 지금 긴긴 꿈을 꾸고 있는 거야.

제발 나 좀 깨워주면 좋겠다.

2019년 3월 8일

어깨 위로 무심하게 내려앉는 봄 햇살.

딸처럼 잠시 머물다가 바람처럼 가겠지.

볼 수 없는 너도, 나도 원망스러운 날.

사랑과 미움이 뒤섞인 보고픔으로 몸살 앓는다.

2019년 3월 11일

내가 맡아 둔 네 핸드폰 책상 위에 있으니 가지고 다니렴.

너 찾는 광고 문자만 쌓여가더라.

전화하기 힘들면 문자라도 한번씩 해.

너 닮은 하얀 목련과 딸이 보고 싶은 날.

2019년 3월 20일

슬픈 기억 부여잡고 바람에 흔들리듯 저무는 석양 속을 홀로 걸어가는 게 인생이라지.

그렇다고 해도 난 너 없어서 더 서럽다.

2019년 3월 21일

눈가에 고이는 그리움으로 오는 너.

잘 지내니?

아픈 기억이 눈물로 흐르는 가슴 시린 날.

헛된 희망과 간절한 기다림으로 아픔을 견딘다.

2019년 3월 22일

내려놓는 것도 잊는 법도 몰라서, 보고 싶음을 그리움을 가슴에 쌓기만 한다.

그래서 언제나 아리도록 아프기만 한 날들이 일상이 되었다.

2019년 3월 23일

투명한 햇살 속 차가운 바람이 쓸쓸하던 날.

쓰나미처럼 그리움 몰려들어 아무것도 할 수 없었던 하루.

자신을 아무리 다독여도 그리움에 갇힌 시간만 바람처럼 나를 흔들었다.

2019년 3월 28일

눈물이 날 정도로 보고 싶어서 슬프다.

그 그리움에 매일매일 아프게 사는 나.

꼭 만날 거란 기다림 하나와 볼 수 없을까 걱정하는 두려움 하나 내 안에 산다.

2019년 3월 31일

눈 감으면 보이는 너, 눈물 차올라 아프다.

떨치지 못한 미련에 잠은 오지 않고, 그리움만 가득하여 슬픈 밤.

어지럽다.

2019년 4월 1일

세찬 바람에 꽃비 내린다.

꽃잎 날리는 사월은 애절하고도 잔인한 달.

간절하게 보고픈 마음도, 흩어지는 저 꽃잎도 슬픈 날.

나도, 너도 아프다.

2019년 4월 5일

오지 않을 너. 그래도 함께할 그날을 기다린다.

억겁의 세월 지나서일지라도 기다린다.

정지된 기억 저편 기다림 위로 아픔이 눈물로 자라나고, 쏟아지는 한숨은 함께한 아련한 시간 위로 쌓여간다.

2019년 4월 6일
이승과 저승의 경계선에서 외줄타기 같은 우리네 삶.
바람에 흩어지는 저 꽃잎 같지.
부여잡은 끈 어찌할지, 늘 흔들리며 갈등하는 나날.
놓아버리고 싶다.

2019년 4월 10일
수많은 기다림의 시간을 건너 기다리고 있는 나.
저편 하늘로 너 있을까 길 나선다.
밤새 길 잃은 아이처럼 울면서 돌아다니며, 무너지는
가슴만 쌓는 새벽.

2019년 4월 13일

느닷없는 이별로 하늘 무너지던 날.

잔인한 이별은 절망 속에 나를 가두고, 아픔을 동반한 슬픔은 죽음을 생각하게 했다.

함께 떠나지 못한 어리석은 인간.

그 슬픔으로 어제도 오늘도 울며 아파하고, 내일도 그러겠지.

악몽일 거란 간절한 바람이 아프다.

2019년 4월 15일

가슴에 담긴 그리움 슬픔이 되고, 세월 속에 갇힌 회한 아픔이 되고, 마음에 묻힌 네 모습 눈물이 된다.

목감기 안 들게 따뜻하게 해서 다녀.

2019년 4월 16일

많이 늦었지만, 12년 전 너 떠날 때 말해야 했는데, 지금 말하는 걸 이해해줘.

사랑한다.

찰나 같은 시간이었지만, 와서 함께해주어서 고마워.

그리고 미안해. 정말 미안해.

2019년 4월 18일

밀어내도 다시 밀려오는 슬픔.

그것 또한 지나갈 것이라는 위로의 말은 하지 마.

피할 수도, 빠져나갈 수도 없는 내가 감당해야 할 몫이니.

2019년 4월 20일

연초록 푸르름이 일렁이고 아지랑이 피어오르는데, 놓을 수 없는 그리움 하나 바람에 날린다.

무심한 하늘에 구름 흘러가듯 그런 하루가 또 간다.

더 많이 그리워져서 우울해지는 날.

바로 오늘 같은 날.

2019년 4월 21일

아픔이겠지만 이제 너를 외면하려 해.

슬픔이겠지만 이제 너를 미워하려 해.

생각은 그냥 생각일 뿐, 마음은 저 먼저 너에게로 달려간다.

2019년 4월 24일

피어나는 꽃들로 세상 분주해도 밀려드는 서러움에 지고 마는 날이 있다.

더 많이 외로워지는 날도 있다.

내 숨결 누가 거둬갔으면 하는 그런 날도 있다.

오늘은 딸 만나고 싶다.

2019년 4월 29일

해 떨어진 시간.

밝음과 어둠의 경계에서 아련함이 맴돌다 떨어진다.

외로움인지, 그리움인지 모를 눈물과 함께.

오늘 같은 날 너는 어느 하늘 밑에서 무슨 꿈 꿀까.

2019년 5월 1일

선물 같은 기억 속의 너 언제 다시 만나려나.

보고 싶다는 생각에 슬픔이 먼저 달려오고, 슬픔이 밀려들기 전에 눈물이 앞서 온다.

언제나 그리움 끝에 서 있는 넌 어쩌니.

2019년 5월 4일

오직 후회만이 허락되는 시간이 있다.

후회하면서도 결코 지울 수도 없는 순간이 있다.

그 회한의 시간이 반복되는 너와 함께한 시간 속의 나.

울어도, 울어도 바닥이 보이지 않는 눈물샘.

언제쯤이면 다 마를까.

2019년 5월 5일
다들 즐거워하며 어디론가 길 떠나는 날.
나도 딸 손 잡고 놀이공원 가고 싶다.
오늘 같은 날은 너 없는 서러움에 눈물만 흐른다.

2019년 5월 8일
함께한 시간의 기억은 더 아프게 온다.
너 어릴 적 색종이로 곱게 접은 카네이션의 기억.
고사리 같은 손으로 열심히 접어 건네준 너 닮은 예쁜 꽃.
다시 받고 싶다.

2019년 5월 10일
머물지 못하고 지나가는 시간.
그 시간 속에 각인된 너와의 기억.
무엇 하나 잡을 수 없어 아픈 바람만 지나간다.
다시 만나는 그 어느 날.
우리 오래오래 이야기하자꾸나.

2019년 5월 11일

어둠이 새벽으로 이어지는 시간.

별들이 깨어나듯 하나둘씩 불 켜지는 등.

연꽃으로 피어난다.

촛불 하나에 그리움을 사르고, 흔들리는 불빛에 마음 실어 너에게로 보낸다.

오늘은 꿈에서라도 볼 수 있으려나.

보고 싶다, 딸.

2019년 5월 21일

보고 싶은 마음 바람개비 되어 돌아가면, 장대비 쏟아지는 가슴 속.

할 말은 많은데 한숨만 나오는 날.

그리워 눈 감았는데 보이지 않아 큰 소리로 네 이름 불러본다.

2019년 5월 25일

넌 말이야, 나에게 기쁨이고 슬픔이야.

눈 감으면 함께한 시간이 펼쳐지는데, 눈 뜨면 넌 없어. 그래서 매일 천국과 지옥을 오락가락해.

그래도 난 그런 너라도 있어 좋아.

2019년 5월 27일

보이지 않아도 내 눈에는 보여.

들리지 않아도 내 귀에는 들려.

같이 있지 않아도 항상 함께해.

그렇게 넌 변함없이 나와 여기서 살고 있어.

그래도 보고 싶다.

2019년 5월 28일

내 마음에 슬픈 눈물꽃 지는 날이 올까.

내 눈가에 환한 웃음꽃 피는 날이 있을까.

이 하늘 밑에서는 없을지도 몰라.

널 만나기 전에는 절대 없을 거야.

너 오지 않으니 답답하고 아쉬운 내가 갈 수밖에.

2019년 6월 4일

가슴이 시큰거릴 때마다 쳐다보는 하늘.

너는 없고, 그리움만 쏟아져내린다.

넌 최고의 선물이고 행복이었지.

너에게로 걸어가는 마음에는 언제나 그리움뿐이다.

2019년 6월 6일

가슴에 묻으면 잊힐 거라고?

정말? 남의 일이라고 쉽게 말하는 거겠지.

잊었다고 해도 그게 정말 잊은 걸까?

그냥 잊은 척하는 거지.

2019년 6월 7일

내려앉은 하늘에 비가 가득하다.

몸도 마음도 차가운 비에 젖어드는 날.

물안개 같은 그리움은 바늘 틈 하나 없이 하늘에 가
득하다.

목소리 듣고 싶어 네 번호로 전화하니 오늘도 받지
않네.

2019년 6월 8일

나를 깨우면서 긴 악몽을 꾼 것이라 말해준다면, 아
침에 눈뜰 때 내 앞에 너 서 있다면, 그런 일이 일어난
다면 당장 죽어도 여한이 없을 건데.

2019년 6월 9일

너를 생각하다 잠이 오지 않는지, 잠이 오지 않아 너를 생각하는지.

불면의 밤은 길다.

하고픈 말 전할 수 없어 마음에만 쌓아놓는다.

사랑한다.

2019년 6월 11일

아무렇지 않은 척 늘 미소 짓는 얼굴이지만, 날숨 끝에 배어 있는 한숨과 소리 없이 흘러내리는 눈물.

그래서 언제나 서러운 시간에 아픈 날들.

2019년 6월 13일

밤마다 꿈에서라도 오라고 주문을 걸어.

난 아직도 네가 와서 함께 지내는 꿈을 꿔.

오늘 밤에도 난 빨리 잠들기를 기다려.

2019년 6월 14일

보이는 모든 게 너야. 앞에 있는 모든 게 너야.

꽃이, 나무가, 돌이, 별빛이, 바람이, 구름이 나에게
사랑한다고 속삭인다.

눈물 나게 아름다운 말, "아빠 사랑해."

다시 듣고 싶다.

2019년 6월 16일

슬픔의 바람과 아픔의 소나기 쏟아지는 길.

헤아릴 수도 없을 만큼 맞으며 걸은 날들.

그 끝이 어딘지도 모른 채 걸어가는 나.

참 가련하다.

2019년 6월 17일

너 있는 과거 속을 혼자 걷는다.

네 얼굴 떠올릴 때마다 아려오는 가슴.

다음 생에서도 우리 꼭 만나겠지. 그렇겠지?

2019년 6월 18일

세월이 흘러도 아프다.

여전히 피 흘리고 슬프다.

하루씩 너에게 다가가는데도 멀어지는 것 같은 날들이라 두렵다.

2019년 6월 19일

그리움 가득 품은 바람은 쉴 새 없이 불어오고 물기 가득한 보고픔은 비 되어 떨어지는데, 기약 없는 기다림 오늘도 한숨 속에 녹아든다.

2019년 6월 22일

과거 속에서조차 혼자 걷는 것은 외롭고 아프다.

너 없는 현실은 더 슬프고 쓸쓸하다.

여기서는 그 끝을 볼 수 없는 아픔의 길.

그만 떠나고 싶다.

2019년 6월 23일
슬픔 외면하려고 더 크게 웃어도 우울하기는 마찬
가지.
외면하고 도망쳐도 피할 수 없는 아픔.
제발 나를 망가뜨려주기를.

2019년 6월 24일
다음 생에서는 부디 내가 먼저 바람 될 수 있기를.
지금의 이 내 슬픔, 이 아픔, 너도 알 수 있도록.
꼭 알 수 있도록.

2019년 6월 25일
밀려드는 서러움에 주저앉아 목 놓아 울던 밤.
우는 것밖에 할 수 있는 게 없었다.
사는 게 왜 이런지.
이 모든 일들 지난날로 회상하는 날이 오긴 올까.

2019년 6월 27일

내 그리움이, 이 내 슬픔이 눈물 되어 쏟아지고, 이렇게 많은 아픔이, 저토록 많은 외로움이 애달픈 강물 되어 흐르는 날, 난 또 너를 찾아 헤맨다.

거기서는 여기보다 더 행복하길.

2019년 6월 30일

시간이 흘러도 변하지 않는 기억이 내 안에 있다.

너로 인해 소소한 일상조차도 행복했던 기억.

네가 있었기에 사소한 것조차도 빛났다.

가슴 가득한 그 기억이 오늘 하루를 살게 하고, 남겨져 있는 그 흔적이 오늘을 눈물 흘리게 한다.

너도 그립고 그때도 그립다.

2019년 7월 8일

비 오고 바람 불어 어수선한 하늘.

비 마중 간다고 우산 들고 나서던 딸 생각나는 날.

허공을 떠돌던 그리움 한 조각 비에 젖어 떨어진다.

해 떨어지니 벌써 가을이 온 것 같다.

감기 안 들게 따뜻하게 잘 챙겨 다녀.

2019년 7월 9일

빗방울 가득한 하늘에 바람이 서늘하다.

가슴에 출렁이는 눈물로 전하고 싶은 말.

그립다, 보고 싶다.

아무도 몰래 허공에 썼다 지운다.

2019년 7월 13일

비에 옷 젖듯 그리움에 마음이 젖는 날.

멈출 수 없는 그리움과 눈물투성이인 슬픈 시간.

이제는 그만하고 싶다. 훨훨 털고 가고 싶다.

2019년 7월 15일

넌 여기에 없다면 없고, 내 안에 있어도 없는, 넌 그래.

없어도 있어서 내가 여기서 숨을 쉰다.

2019년 7월 18일
하늘에 고인 눈물 거센 빗줄기로 쏟아지는 날.
숨 쉴 수도 없는 날들을 왜 견디고 있는 걸까.
화가 난다.
아픔도, 슬픔도, 외로움도, 쓸쓸함도 이제 더는 느낄
수 없는 곳으로 가고 싶다.

2019년 7월 20일
산다는 건 무슨 의미일까.
슬픔을 견디며, 외로움 속에서 변해가는 자신을 보
는 게 삶일까.
가슴속에 물안개 같은 눈물만 가득한 날.
금방 지나갈 거야. 조금만 더 울자.

2019년 7월 21일
너와 함께한 시간, 아쉬운 순간투성이지.
그래도 내 생애 최고의 기쁨이었고, 행복이었지.
결코 놓을 수 없는 기억이고 그리움이지.

2019년 7월 22일

날이 더운 거 보니 중복 이름값을 하는가 보다.

복달임으로 뭘 해야 하나.

그냥 옛날 통닭으로 두어 마리 튀길까. 어때 딸?

있으나 없으나 여전히 딸바보.

2019년 7월 26일

먹구름 가득한 하늘이 어둡다.

너 있는 그쪽 하늘은 어떠니.

뜨거운 계절 지나가고 다른 계절 오더라도, 나는 또
너를 기다릴 거고, 그러다 또 떠나고 싶어 하겠지.

2019년 7월 29일

결 억세고 고단한 삶, 슬퍼도 무심하게 담담하게.

어제도 그랬고, 오늘도 그랬으니 내일도 그럴 거니까.

눈물 없는 날은 언제쯤일까.

2019년 8월 2일

빛과 같이 밝고 투명하라고 '김빛'이란 별명을 주었지.

그 이름처럼 반짝이던 너.

어느 날 그 빛을 거두고 사라지자 내 세상은 어둠이 되었다.

내가 서 있는 이 어둠의 끝에 부디 빛으로 너 서 있길.

2019년 8월 5일

너를 어찌 보내줄 수가 있을까.

그 자리 무엇으로 채울 수 있을까.

그래 알아. 놓지 않으니 이렇게 아픈 줄 나도 알아.

그래도 놓을 수가 없어.

2019년 8월 6일

내일이 오늘 되고 오늘이 또 어제 되고.

세월 따라 지금의 것들은 바래고, 그 자리는 또 다른 새로움으로 채워지겠지.

허망하기만 한 지난 시간도 너처럼 그리워질 날 있을까.

2019년 8월 7일

가을이라는 계절 참 잔인하지.

너를 앗아가고 내 혼마저 가져간 계절.

모든 걸 놓고 싶은 절망 같은 계절.

이 뜨거움 속에서도 그때 그 한기를 느끼게 하는 아픔의 계절이 지금 문 앞에 서성이고 있다.

2019년 8월 10일

상상을 하곤 해.

그때처럼 아빠라고 부르면서 한걸음에 뛰어와 업히며 놀라게 해주면 얼마나 좋을까 하고.

그런 날은 애타게 그리는 마음 허공에다 편지를 써.

어서 오라고.

2019년 8월 11일

말복이니 이 더위도 조만간 끝나겠지.

끝자락 뜨거운 열기로 그리움에 네 모습 새기는 날.

절대 지워지지 않도록, 다시는 잃지 않도록.

2019년 8월 13일

환한 미소 지으면서 어떻게 그렇게 쉽게 떠날 수 있어?

어쩜 그렇게 쉽게 바람처럼 사라질 수 있어?

여기 있는 우린 어찌하라고. 넌 참 못됐고 나빠.

그래서 미워. 그래도 미치도록 보고 싶어.

2019년 8월 14일

갈증 같은 그리움 멈출 수가 없어.

허기 같은 보고픔도 채울 수가 없어.

오직 너만이 할 수 있는데, 너 없는데 어쩌나.

2019년 8월 23일

하얀 뭉게구름 넘어 귀뚜라미 등에 업혀서 가을이 온다.

기다리는 시간은 언제나 더디게 가고, 오지 말라는 시간은 빨리도 온다.

세월이 나를 놓아주는 날은 언제일까.

2019년 8월 30일

언젠가는 모든 것들과 이별할 순간이 오겠지.

너의 따뜻한 온기 느낄 수 없었던 그날 같은 시간이.

마지막 빛마저 사라질 그날을 오늘도 손꼽으며 기다린다.

2019년 9월 2일

올 거라는 헛된 기대에 창밖을 바라보는 마음.

하루가 또 노을 속으로 사라진다.

너 못 본 지 백만 년은 지난 것 같다.

여름이 지는 소리에 밤은 깊어가는데, 오늘도 잠 못 이루고 널 그린다.

2019년 9월 8일

내 안에서 살아 숨 쉬는 너의 조각들.

보고 싶음이 아픔으로 변할 때 더 선명해진다.

그렇게라도 널 느낄 수 있어서 난 좋다.

2019년 9월 10일
빛을 품고 있는 너.
머무는 그 어느 곳에서도 빛이 났지.
지금 너 있는 그곳 거기서도 빛나고 있겠지.
온화함으로 주위를 밝히며 반짝이고 있겠지.

2019년 9월 11일
저녁 시간 도로는 차들로 메워지고, 오고 가는 저 인파 속에 너 있으면 얼마나 좋을까.
조그마한 캐리어 끌며, 손 흔들며 오는 너 있으면 좋겠다.

2019년 9월 12일
버림받은 서러움에 자꾸만 결 거칠어지는 가슴.
갈바람 속에 황폐해진 마음 풀어놓는다.
부모 자식 깊은 인연 어디서 오는 걸까.
전생에 우린 뭐였을까.

2019년 9월 13일

너 없어 텅 빈 가슴이 허전하고 휑한 마음 낙엽같이 바스러져버릴 것 같다.

포기하고 싶은 메마르고 초라해진 마음.

아픈 향내만 가득했던 추석.

2019년 9월 14일

바람이 하루 사이에 차가워졌다.

환절기 때마다 감기 달고 있던 넌 지금 어디 있을까.

괜찮니? 목은 안 아프고?

목 둘둘 감싸고 다니던 너 보고 싶다.

2019년 9월 17일

흩어지는 먼지처럼 너도, 나도 언젠가 잊히겠지.

그 시간의 끝에, 너도 내가 그리웠다고 말해주면 좋겠다.

2019년 9월 18일

한낮의 볕은 뜨거운데 바람에는 가을 내음이 난다.

너 떠나간 계절이 핏빛 같은 아름다운 자태로 을씨년스럽게 온다.

그리움으로, 외로움으로 아프게 스며든다.

2019년 9월 19일

가을이 눈앞에서 뚝뚝 떨어진다.

가을이라 쓰고 슬픔이라 읽는다.

슬픔이라 쓰고 그리움이라 읽는다.

그리움이라 쓰고 눈물이라 읽는 아픔의 기억.

2019년 9월 20일

보고 싶다고 말하면 꿈에서라도 와줄 줄 알았다.

잘 지내느냐고 물어보면 답해줄 줄 알았다.

무심한 넌 오지도 않고 답도 없네.

그러기를 하루, 이틀, 사흘 세월만 간다.

가을을 품은 풍광이 곱게 물들어갈수록, 시들어가는 마음 창백한 빛으로 점점 바래겠지.

2019년 9월 21일

그래야 하는 거지.

견딜 수 없는 것도 아무 일 없는 듯 무심한 척하고, 받아들일 수 없는 것도 괜찮은 듯 웃어야만 하지.

너와 함께여서 눈부셨던 날들 기억하며.

2019년 9월 24일

너 없어 슬픈데, 모든 잎이 꽃이 되는 계절은 홀로 깊어간다.

흩어지는 바람처럼 허망해도 아련한 그리움은 생각 없이 높게 쌓여가고, 슬픈 기억 위로 보고픈 얼굴 겹쳐서 아픈 날.

2019년 9월 25일

기다리고 또 기다리면 한번은 꼭 올 것 같은데, 붉은 빛으로 아픈 계절만 온다.

세월이 나를 놓을 때까지 이러할 건데, 내가 세월을 놓아버리고 싶다.

2019년 9월 27일

바람조차 가을 색으로 물들어가는 날.

쳐다본 하늘 그 어디에도 너는 없네.

그리움 하나 곱게 접어 너에게로 날린다.

얼마나 더 가야 이 그리움 만날 수 있을까.

오늘도 박제된 기억으로 네게로 간다.

2019년 9월 29일

주어진 시간 다 되면 떠나는 게 이치인데, 아직도 미련 남아 들락거리는 넌 떠나기 아쉬운가 보다.

더위, 넌 가기 싫고, 가을이 싫은 난 널 보내기 싫고.

2019년 10월 2일

미친 듯 퍼붓는 빗속을 날카로운 소리로 지나가는 바람.

온천지를 흔들며 서럽게 우는 너, 나처럼 슬프니?

너도 나처럼 아프니? 무심한 척해도 난 많이 아프다.

태풍의 냉기가 온몸을 휘감는 오후.

너 있는 그곳은 괜찮니?

2019년 10월 12일

딸. 싸이월드가 없어질 것 같아.

살얼음판 위에 서 있는 기분이야.

백업은 해줘야 할 건데, 답해주는 이 없어 답답하다.

거기에 딸의 시간과 흔적이 있고, 딸과 이야기한 12년 세월이 녹아 있는데.

2019년 10월 17일

이토록 보고 싶어 하고, 간절히 원해도 꼼짝하지 않는 너.

너 있는 그곳 얼마나 좋기에 여긴 잊은 거니?

원망하고 또 원망해도 결코 미워할 수 없는 너.

계절통 같은 몸살이 심해질수록 더 보고 싶어진다.

이런 내가 넌 이해가 안 되지?

2019년 10월 18일

네 목소리, 네 웃음소리가 듣고 싶은 날.

노트북 안에 들어 있는 너를 불러낸다.

귓가에 맴도는 사랑한다는 너의 목소리.

2019년 10월 19일

너의 향기 떠난 가을.

짙게 물들어가는 가을빛 스며들수록 슬픔의 빛깔 깊어지고 아픈 기억은 살아난다.

눈물은 여전히 넘쳐나고 난 두렵다.

2019년 10월 23일

언젠가는 떠날 이 하늘 밑 이곳.

우린 그 언젠가를 기다리는데, 넌 떠나야 할 때를 미리 알고 있었나 봐.

모든 걸 훌훌 털고 얽매임 없는 그곳으로 가는 그날을.

좋니?

2019년 10월 25일

단 몇 시간이라도 함께이면 얼마나 좋을까.

눈 감고 다른 시간 속에서 행복함에 젖어보는 하루.

눈 뜨면 버림받은 슬픔과, 눈물 같은 보고픔 가득한 아픔의 시간일지라도.

2019년 10월 27일

오늘도 어제처럼 보고 싶어서 널 미워한다.

오랫동안 보질 못해 그리워서 널 원망한다.

보고 싶음이 무거워지면 미움이 되고, 그리움이 쌓이면 원망이 되는 날.

2019년 10월 28일

국화꽃 향기 그윽한 계절에 떠난 너는, 가장 반짝이는 별이고 가장 향기로운 꽃.

하늘이고, 구름이고, 바람인 내 사랑.

너 떠난 오늘, 넌 행복해야 하고, 난 슬프고 아프다.

2019년 10월 29일

아무 일 없는 듯 미소 가득한 가면 뒤로 터져나오는 한숨과 흘러내리는 눈물을 감추니, 그렇게 지나가더라.

그때 그 시간, 그 기억들.

2019년 11월 1일

이만큼 세월 흘렀으나, 그만큼 눈물 흘렸으나 여전히 젖은 눈으로 잠에서 깨어난 아이 같다.

해 저문 황량한 벌판에 홀로 버려진 듯한 이 기분.

넌 알까.

2019년 11월 4일

슬픈 가을이 아직 가득하여 가라앉는 하루.

하늘 언저리까지 쌓인, 한숨 배인 그리움을 본다.

오늘만은 네가 보이지 않게, 네 웃음소리 들리지 않게, 눈을 감고 두 손으로 귀를 막는다.

2019년 11월 8일

신열 같은 그리움에 종일 보고 싶은 날.

외로움에, 쓸쓸함에 바람처럼 흩어지고 싶은 하루.

그 흔하디흔한 사랑한다는 말.

다시는 들을 수 없고, 전할 수 없어 아프다.

그래도 살아가야 한다는 게 더 슬프다.

2019년 11월 9일

찰나같이 가을 속으로 걸어간 빛.

그 빛, 슬픈 단풍꽃으로 피어나는 계절.

그렇게 훌쩍 가려고, 그렇게 바삐 떠나려고 따스한 사랑과 온갖 예쁨을 다 부렸나 보다.

슬픔으로 변한 그 기억과 그 흔적.

나 어찌 감당하라고.

2019년 11월 10일

가을빛이 바람에 떨어지고 있는데도 왜 이리 힘겨울까.

내 기억 속의 시간이 모두 그리움이고 슬픔이어서일까.

가슴에 맴도는 허한 바람과 시린 한숨.

참 질기고 차갑다.

깨어날 수 없는 이 악몽 언제까지 헤매야 하나.

2019년 11월 11일

이 고운 가을을 서럽게 혼자 보았다.

모든 걸 두고 가는 그 마음도 있는데, 이런 마음 정도야 별거 아니겠지.

그래도 내 눈길 속에 여전히 네가 있듯이, 네 눈 속에도 내가 있기를.

2019년 11월 14일

가을이 슬픈 기억만 남겨둔 채 돌아서고 있다.

바람에 떨어지는 가을처럼 허허로운 날.

뾰족해진 바람이 한겨울인 척하는 수능 치는 날.

다시 보고 싶어 하던 시험 틀림없이 잘 쳤을 건데.

그랬을 네가 더 아깝던 하루.

2019년 11월 15일

계절의 길목에서 시린 바람으로 오는 자를 본다.

주어진 시간 다 되면 누구나 돌아갈 건데, 오고 감이 다들 왜 그리도 성급한지.

너도, 너도 말이야.

2019년 11월 18일

네가 없는 공간은 언제나 차가운 눈물.

혼자서는 너무 긴 칠흑 같은 어둠 속 순간들.

적막함이 아프게 다가온다.

내가 나한테 지쳐가는 날들. 한번 와줄래?

2019년 11월 20일

네가 있어서 좋았지.

가슴 가득한 네 기억으로 오늘 하루를 살아.

가슴 가득한 네 흔적으로 오늘 하루도 눈물 흘려.

그 따뜻한 순간들이 슬프고, 아프고, 외롭게도 한다.

2019년 11월 21일

아무 이유 없이 마음이 아프고 가슴 아린 날.

나를 얼마나 더 버려야만 이 아픔, 이 슬픔 사라질까.

사는 게 그저 버티는 거라지만 참 힘들다.

2019년 11월 25일

바람은 낙엽 굴리며 겨울이라 하는데, 나뭇잎은 여전히 노란 가을을 잡고 있다.

내 발끝에 드리워진 긴 그림자가 서럽던 날.

나 잘 있어. 나도 잘 지낼 거야.

나를 속이고 너에게 거짓말을 한다.

2019년 11월 30일

시린 기억 위로, 질식할 만큼 숨찼던 날들 위로, 너처럼 그 누구의 배웅도 없이, 간다 온다 말조차 없이, 부디 바람같이 구름같이 나 흩어지길.

2019년 12월 1일

보고 싶다고, 눈물이 날 만큼 그립다고.

너 없는 지금 나 너무 힘이 들어 밉다고 말하고 싶다.

비로 시작한 12월의 하늘같이 가슴은 차갑고 쓸쓸하다.

2019년 12월 2일

어제 같은 오늘이니 내일도, 모레도 같겠지.

세월의 무게만큼 보고픔만 더해간다.

그리움 안고 가는 세월 바라본 날이 아득한데, 시간 갈수록 더 아프기만 하니 어쩌면 좋냐.

2019년 12월 3일

바람이 차가워지니 네 옷장의 옷도 두꺼운 걸로 바꿔야겠다.

철 지난 옷을 안고 돌아가는 세탁기의 소리가 쓸쓸하게 들리는 날.

쳐다본 말간 하늘도, 홀로 서 있는 내 그림자도 외롭다.

보이는 모든 게 참 허전한 하루.

2019년 12월 4일

너 없어도 나 이렇게 살아지네.

세상은 변함없이 돌아가고, 세월 흐른 산천도 그대로고.

억겁의 시간이 흘러 오늘을 다시 살 수 있다면 그때도 너하고 함께이고 싶다.

2019년 12월 6일

말할 수 없을 만큼 미운데도 바람 불면 바람 속을 팔짱 끼고 함께 걷고 싶고, 비 오는 날은 우산 들고 마중 나가고 싶고, 눈 내리는 날은 눈 맞으며 함께 눈사람을 만들고 싶다.

네가 말할 수 없을 만큼 미운데 말이야.

2019년 12월 8일

한숨 길어지고, 아픈 그리움 쌓여가는 날.

슬픈 가을 떠나도 여전히 아리고 아프다.

슬픈 가슴은 오직 너만 찾고, 슬픈 눈물은 나에게로 너를 데려온다.

온통 반짝이는 너를, 손 흔들며 미소 짓는 너를.

2019년 12월 11일

기다림은 그리움의 시간에 스며드는 한줄기 빛 같은 것.

내 기다림의 시간에 한 번의 기회가 주어진다면, 두 번 다시 하고 싶지 않은 이 허망한 세월일지라도, 너와 함께라면 잠시라도 좋겠다.

2019년 12월 14일

눈을 감고 듣는 너의 목소리.

잘 지내고 있다고?

정말? 어떻게 그럴 수가 있지?

내가 없는데 어떻게 잘 지낼 수가 있어?

2019년 12월 16일

미안하다고 했지. 감사하다고 했지.

지금도 그 말에 숨 막혀서 눈물만 난다.

꿈에서라도 사랑한다고 말해주면 얼마나 좋을까.

2019년 12월 17일

재생한 파일 속에 네가 있어.

눈물이 날 만큼 보고픈 네가 있어.

보여도 보이지 않고 들려도 들리지 않는 네가 있어.

울어도, 울어도 멈춰지지 않는 아픔의 너.

2019년 12월 18일

마르지 않는 눈물 같은 시간에, 기약 없는 기다림 시간에, 더디게 가는 내 시간에 지쳐 포기하고 싶은 날.

모난 마음은 원망하고, 미워하며 자신을 찌른다.

그래도 이 내 시간 끝나는 날, 다시 행복해질 거라고 믿어.

2019년 12월 22일

울음소리에 놀라 사방을 둘러봐도 어둠뿐.

볼을 타고 내린 눈물. 꿈에서 울다 깼나 보다.

무엇이 그리도 슬펐을까?

그리움으로 타는 마음이었던가.

2019년 12월 24일

너 없으니 이브 날이 쓸쓸하다.

반짝이는 불빛으로 번잡한 길도, 데려다주고 데리러 가느라 자주 오가던 그 길도 그대로인데, 너만 없는 날.

그곳에 여전히 환한 미소 지으며 손 흔드는 너 서 있을 것만 같은 날.

2019년 12월 25일

외출 준비로 바쁜 딸이 저 방에 있다.

붉은색 외투로 예쁘게 차려입고 거울 앞에 서 있다.

거긴 내 안에 멈춰있는 그때 그 시간이 있다.

메리 크리스마스.

2019년 12월 28일

눈에 보이는 모든 것에 그리움이 담긴다.

보이니? 들리니? 난 여전히 널 사랑해.

넌 내 마음이 어떤지 아니?

긴 이별과 그리움이 얼마나 아픈 건지 아니?

2019년 12월 29일

너와의 기억만이 오롯이 숨 쉬는 시간.

그 추억 반짝일수록 보고 싶은 마음 비수가 된다.

너 없는 세월 속에서 바람과 함께 잠시만 더 머물다

가, 마르지 않은 눈물 안고 너를 만나러 갈 거다.

2019년 12월 30일

봄 같은 바람이 내게 말을 건넨다.

늘, 항상, 언제나 내 곁에서 함께 있다고.

내내 그립던 어제가 따뜻하게 나를 안아준다.

가슴 아리게 애틋했던 그 시간도 사랑이라 말하며.

2020년

2020년 1월 1일

어둠 속에서 세월 지나감을 본다.

오늘이 지나가니 내일이 오늘로 바뀌고 새해라고 하더라.

새로 시작하니 그냥 이런저런 다정한 말이 하고 싶은 날.

참 예쁘다, 많이 먹어.

네가 있어 행복해. 사랑해. 잘 자.

2020년 1월 7일

세찬 빗소리에 세상 소음들 부서지고, 매운바람 나를 흔들고 지나간다.

보고 싶은 마음 어둠 속에 덩그러니 앉아 있는 날.

부디 내 눈물 같은 비에 걸려서 넘어지지 않기를.

2020년 1월 8일

봄날 같은 이 날씨도 조만간 겨울다워지겠지.

네 스키복을 세탁하고 손질한다.

설원을 신나게 미끄러져 내려오는 너.

다시 볼 수 있다면 죽어도 원 없겠다.

2020년 1월 9일

새벽녘까지 뒤척이다 잠든 사이에 온 너.

그렇게 반가울 수가 없었다.

꿈에서 깨어나도 네 모습은 선명한데, 너 없는 공간 냉기가 허한 가슴을 베고 간다.

아픈 서러움이 어둠 속에서 눈물 되어 흐르던, 너를 만난 날.

2020년 1월 10일

허공에 매달린 바람에 밤은 깊어가고 마른 눈물 속엔 그리움 스민다.

삼킨 한숨 사이로 쓸쓸함 넘치는 아픈 밤.

바람마저 차가워지니 더 그립다.

보고 싶은데 그럴 수 없으니 더 아프다.

따스한 온기 느끼고 싶은데 안을 수 없으니 더 슬프다.

2020년 1월 12일

눈을 감아도 어둡고, 눈을 떠도 어둡기는 마찬가지.

상실의 아픈 그림자가 꼬리에 꼬리를 물고 돌아가는 시간.

넌 모르지. 내 맘이 지금 어떤지.

2020년 1월 13일

허공을 스쳐가는 바람처럼, 피어났다 덧없이 사라지는 구름처럼 가겠지.

헐벗은 마음이라 보고 싶음에 목메고, 그리움에 아파하겠지만 결국은 흘러가겠지.

너 있는 그곳으로.

2020년 1월 14일

함께여서 행복했던 기억.

가슴 깊은 곳으로 침전하여 아픔이 되고, 슬픔이 된다.

그렇게 너와 나 여전히 내 안에 살고 있다.

하얗게 바래가는 기억 속을 돌고 돌지만, 다시 함께할 우리.

2020년 1월 15일

여기쯤에서 기다렸지. 이 시간쯤에 전화가 왔었지.
여길 지날 때면 생각나고 그때의 기억이 떠오른다.
눈 감으면 언제나 등 뒤에서 나를 감싸 안아주는 너.
많이 보고 싶다.

2020년 1월 16일

세상에서 슬픈 말 중에 제일 아픈 게 안녕이지.
너와의 이별은 그 말조차 못 들었지.
그래서 난 아직도 꿈을 꾸는 것 같다.
깨어날 수 없는 지독한 악몽.

2020년 1월 17일

언제나 맘속에 가득한 너.
시간 흐른다고 그리움이 무뎌지거나 없어지지 않더라.
나와 함께 나이 먹으면서 짙어질 뿐.
말로만 별것 아니다, 그렇게 지나가더라 할 뿐.

2020년 1월 19일

어제가 오늘이 되고 하루가 또 다른 하루가 되는, 그런 날들이 모여 아픈 세월이 되었다.

그래도 여전히 이 상황들이 생소하고 믿기지도 않는다.

그래서 보고 싶기만 한 이 마음 너도 알겠지.

2020년 1월 20일

누구는 오고, 누구는 떠나고, 넌 거기에 있고, 난 아직도 여기에 있고.

모인 구름 흩어지는 것과 같은 우리네 생과 사.

그래, 오는 것도 가는 것도 다 운명이겠지만, 가고 싶다.

2020년 1월 22일

빗방울 가득한 잿빛 하늘이 다가와 앉는다.

쓸쓸함이 차가움과 함께 가슴에 비수로 박히는 날.

멈춰버린 생각, 내려앉는 마음.

괜찮아. 그래도 시간은 흘러가겠지.

어찌 아픔 없이 흘러가겠어?

2020년 1월 23일

설이 코앞이라 너 없음이 외로움 되는 날.

어디에 있든 무탈하게 지내고 있다면 그걸로 됐다면서도, 문밖을 기웃거리며 스쳐가는 바람에 네 안부 묻는다.

부질없는 짓인 줄 알면서도 오늘도 기다리면서.

2020년 1월 24일

참으로 무심하지.

난 잠들지 못하고 어지러운 밤 지새우는데, 넌 시선 가는 곳마다 손 흔들며 웃고만 있다.

연락 한번 없고, 꿈에서도 볼 수 없는 너 참 얄밉다.

2020년 1월 26일

세월이 먼지처럼 쌓여갈수록 애써 붙잡고 있는 너의 기억도 조금씩 빠져나가 겁이 난다.

반짝였던 시간 세월에 견디지 못하고 기억 속에서 흩어져 사라질까 봐 두렵다.

2020년 1월 27일
어제부터 장맛비 같은 겨울비.
설 연휴 끝자락이 세찬 바람에 무겁다.
저 바람 너 있는 곳에서 오는 걸까, 가는 걸까.
여기 소식 전할 수 있으면 좋으련만.

2020년 1월 30일
너 음력 생일. 나도 모르게 눈물이 흐른다.
보고 싶어 가슴이 아프다.
오늘도 내일도 어제보다 더 신나는 하루 되어라.

2020년 1월 31일
네 생각에 파묻혀 내가 나보다 너일 때, 무겁게 가라
앉는 마음에 한숨이 더해진다.
시린 마음에 하늘 쳐다보며 혼잣말 많아지는 날.
나 미쳐가는 걸까?

2020년 2월 1일

기억에서, 생각에서 지워진다는 것은 바람처럼 흩어져 사라진다는 거지.

처음부터 존재하지 않았던 것이 된다는 거지.

나 떠나면 너도, 나도 기억하는 이 없이 잊히겠지.

허무하다.

2020년 2월 2일

눈 감으면 네가 다녔던 그 길이 보이고, 오가면서 봤을 그 하늘이 보여.

온 산이 붉게 타오르던 그때 그 가을날의 슬픔도 봐.

전해오는 아픔에 눈 뜨면 더 힘든 슬픔이 앞에 있어 떠나고 싶은 하루.

2020년 2월 3일

눈에 넣어도 아프지 않을 딸이 품에 온 날.

가슴 벅찬 설렘의 여행 시작이었지.

여전히 설레고 좋은 거지?

바람과 함께하는 행복한 여행 같이하지 못해서 아프다.

사랑한다.

2020년 2월 5일

공허하고 쓸쓸한 날들.

살아가야 할 이유가 무엇일까.

지금 떠나면 안 될 이유는 또 무엇일까.

끝없이 일어나는 생각에 을씨년스러워져 허망해지는 날.

바람처럼 날고 싶다.

2020년 2월 6일

나도 만나고 싶다.

안고 싶고, 만지고 싶고, 잡아보고도 싶다.

나도 보고 싶어 죽을 것 같다.

  - MBC 가상현실(VR) 휴먼 다큐멘터리 '너를 만났다'

2020년 2월 8일

오곡밥을 먹고 부럼을 깨는 보름.

이날만 되면 귀에 쟁쟁한 너의 목소리.

"보름달 봤어? 어서 소원 빌어."

너도 지금 저 달을 보고 있니?

생각만으로도 눈물 난다.

2020년 2월 9일

그렇게 서둘러서 가야 했을까.

아무리 생각해도 모르겠어.

　마음이 그랬을 거라는 것은 그냥 아는 척해보는 말

이지.

　그래도 네가 좋다니 잘했어.

2020년 2월 11일

가면 쓰고 연극하는 하루가 고단하다.

한숨 넘치는 마음이 가면 뒤에 숨어서 헐떡였던 하루.

업 무거운 자 오늘도 하루를 보내며, 새벽이 오기 전에 이 어둠과 함께 떠날 수 있기를 기도한다.

2020년 2월 17일

바라는 마음이 깊어 아픔이 되고, 기다림이 짙어져 슬픔이 된다.

하루에 또 하루를 얹는 시간 지치고 무겁다.

오늘이 마지막 날 되기를 바라는 하루.

아무도 모르게 저 구름처럼 소리 없이 떠나가기를 바라.

2020년 2월 21일

아픈 기억은 아직도 그 순간에 머물러 있다.

얼마나 아프고, 무서웠을까.

그 생각만 하면 정신을 놓치고 만다.

내 안에 있는 또 다른 나는 쉬 잠들지 못하고 한숨만 쉬다가 어둠을 밝히는 새벽을 본다.

2020년 2월 24일

바이러스 기승이 드세진다. 이것 또한 지나가겠지.

너를 기다리고, 가는 세월도 기다리는 나.

살아간다는 게 기다림이 전부인 것 같은 요즘.

조심해서 다니고, 될 수 있으면 다니지 말아.

2020년 2월 25일

보고 싶음은 슬픈 그리움.

그리움에 체한 아픔이 쌓일수록 더 보고 싶어지고 죽을 만큼 아픈 그리움이 힘들게 한다.

잘 지내는 거지? 아프지는 않지?

셀 수도 없이 보내는 마음 오늘도 너에게 닿지 못하고, 어느 하늘가에서 맴돌고 있나 보다. 뭐하니?

2020년 2월 27일

한결같이 예쁘구나.

여전히 네 미소는 부드럽고 그 손길은 따뜻하더구나.

참 무심했지? 그래도 이렇게 와주어서 고맙다.

스치는 꽃 향처럼이라도 자주 오너라.

기다리마.

2020년 2월 29일

눈 뜨면 전해오는 인간사.

그래도 봄꽃은 피어나고, 봄바람은 불어온다.

계절이 오고 가듯이 이 현기증 같은 시절 또한 지나가겠지.

나에게로 오는 봄날도 있을까.

2020년 3월 1일

그때 그 시간 속에 너만 홀로 남겨두고 왔었지.

여전히 지금 여기 이 시간 속에서 너를 찾는 나.

활짝 피어나는 꽃향기에 눈물이 어리고, 지는 가슴에 마른 바람이 스쳐간다.

롤러코스터 같은 세상 속 위태롭게 줄타기하는 하루.

2020년 3월 2일

한겨울처럼 바람 거칠어서, 먼지처럼 흩어진다면 너에게로 가기 좋은 날.

유난히도 추위 타던 딸, 따뜻하게 입고 다녀.

2020년 3월 4일

닫힌 시간 속에 그리움으로 남겨진 많은 것들.

향기로운 미소와 맑은 목소리에 행복했던 순간들.

함께했던 그 모든 것들이 그리움으로 쌓여 있다.

그 안에서 아직도 지난 시간 행복했던 꿈 꾸는 나.

사랑한다는 말, 바람에 말하면 너에게 전해질까?

2020년 3월 5일

마음이 내려앉는 날.

지난 순간들이 여기저기 찢기고 패인 채 스쳐 지나간다.

후회와 원망 섞인 한숨 가득 차올라 눈물이 난다.

널 위해 다 쓰지 못한 마음 아픈 그림자로 남아 오늘도 나를 짓누르며 아우성친다.

2020년 3월 8일

여기도, 저기도 어디든 다 있는데, 눈에 담을 수 없으니 더 보고 싶어진다.

그립다는 말이 참 서글프게 느껴지는 날.

창밖의 봄마저 외롭게 서 있다.

2020년 3월 10일

꽃샘바람에 봄이 서럽게 흔들리고, 날리는 빗방울에서 한기를 느낀다.

꽃은 지천으로 피어나는데 가슴엔 한숨만 피어난다.

그 어떤 시름보다 깊은 한숨, 비명 되어 터져나오는 날.

바람마저 거칠다.

2020년 3월 13일

부질없고 헛된 꿈인 줄 나도 알아.

물기 가득한 기억 놓아야 하는 줄도 알아.

말처럼 쉬울 것 같지? 몰라 아무도.

2020년 3월 15일

차곡히 쌓여가는 모진 그리움에 멍든 가슴 싱그러운 봄 햇살에 널고, 시름 깊어 아픈 눅눅한 마음 향기로운 봄바람에 말리고 다독이면, 그 어느 날 이 그리움 아물까? 그리 될까?

2020년 3월 16일

간절한 마음에 가끔, 너를 잃어버렸다는 걸 잊어버릴 때가 있다.

곁에 있는 것처럼, 다시 만난 것처럼 착각하는 하루.

놓을 수 없는 기억은 돌덩이 같은 슬픔의 무게로 아프게 한다.

2020년 3월 18일

부침 많은 오늘 하루도 잘 보내고 있는지.

잘 챙겨는 먹는지, 아프지는 않는지.

하루에도 몇 번씩 파도타기를 하는 마음이 출렁인다.

걸음걸음 그리움이 밟히고, 혼자 불러보는 이름에 눈물 고이는 날.

2020년 3월 19일

온 천지에 반짝이는 봄빛이 내려앉는데 너의 꽃도 피었니?

시샘하는 큰바람 피어나는 꽃잎을 사납게 흔든다.

눈물 나게 보고 싶은데, 그 온기 사무치게 닿고 싶은데 그럴 수 없어서 나부끼는 마음, 바람에 펄럭이지 않게 오늘 묶어두기.

2020년 3월 25일

서러움 가득 차올라 먹먹해진 가슴, 미움과 그리움 섞인 긴 숨 몰아쉴 때 무심한 빗방울은 애꿎은 꽃잎을 흔든다.

너 있는 그곳에도 꽃들이 피어나지?

여기 이 봄이 난 서럽다.

2020년 3월 27일

학생증, 지갑, 식권, 체크카드, 먹다 남은 약봉지와 껌, 다크초콜릿까지 책상 서랍 안도, 옷장도 다 그대로라 문 열고 지금이라도 들어설 것만 같은 너.

기다리다 숨 막혀 오늘도 무너진다.

2020년 3월 28일

벚꽃 흐드러지게 피는 날.

다시 못 올 길 떠난 꼬맹이.

함께한 15년 행복했단다. 사랑한다.

누나랑 리치하고 잘 놀아. 야옹이도 보고.

다시 만나자고 말하니 벌써 보고 싶다.

딸, 꼬맹이 와서 좋지?

2020년 3월 29일

돌아서면서 바로 그리워지던 마음이 눈물겹다.

품에 안았지만 혼자 버려두고 오는 것 같아 발길 떨어지지 않던 마음이 애처롭다.

잡지 못하고 보내야만 했던 하루가 길고 아팠던 날.

잘 가거라.

2020년 4월 1일

그리움으로 사는 한 세상도, 바람처럼 정처 없이 떠도는 세월도 괜찮아.

너 있는 그곳에 갈 수 있다면 기다림의 설렘 끝자락 안개처럼 흩어져도 좋아.

2020년 4월 2일

네 흔적이 슬프게 와닿는 날.

솔방울처럼 뚝뚝 떨어지는 슬픔.

어두운 구석에 숨어들어 목 놓아 울어도 슬픔은 쉼 없이 돌아가는 바람개비 같더라.

2020년 4월 5일

서러움과 서글픔이 혼재된 이 슬픔은, 환한 빛으로 왔다 향기 남기고 떠난 너.

날이 갈수록 그리움은 멍들어가고, 그 그리움으로 뭉개진 가슴은 무너져내린다.

멀리서 들려오는 종소리에 두 손 모으는 새벽.

2020년 4월 8일

따스한 봄 햇살 라일락 향기 실어나르는 날.

시샘하는 바람에 향기로운 꽃비 내린다.

바람에 사랑한다는 말 너에게 보낸다.

옷깃을 세워도 추운 하루, 감기 조심해.

2020년 4월 9일

괜찮은 척, 잊은 척 나를 속인다.

소리 내어 울지 못하는 비명 같은 시간.

불 꺼진 방구석에 웅크린 외로움이 서럽다.

그렇게 지새우는 밤이 하루, 이틀, 사흘.

2020년 4월 14일

세월 흘러 슬프다 못해 허하고 아프다.

껍질만 남은 듯한 시간 속으로 봄이 지나가는 소리.

세월 가는 소리에 기쁨의 눈물 고이는 날.

멀지 않은 날 너 볼 수 있기를.

2020년 4월 16일

쌓여가는 그리움에 쓸쓸함 더해가니 하늘에 네 얼굴
만 가득한 날들.

너는 누가 보고 싶니? 우린 네가 보고 싶다.

2020년 4월 20일

너와의 지난 시간 아지랑이처럼 피어오르면 그리움 아니어도 보고 싶고, 보고 싶음이 아니어도 생각난다.

그렇게 너는 나에게, 네가 아닌 나인 거지.

2020년 4월 22일

너의 향기 기억에서 조금씩 옅어져, 지는 저 꽃처럼 사라지는 날 오려나.

그 향기 내 안에 담아둘 수 없어 안타깝다.

2020년 4월 23일

아직도 깨어나지 못한 꿈속 같은 날.

기다림에 지쳐가는 외로움이 노을빛에 일렁인다.

아무도 오질 않는데 누굴 기다리는 걸까.

진한 그리움만 홀로 왔다 손 흔들면서 돌아간다.

2020년 4월 25일

바람 소리조차 고요함 되어 잠드는 곳.

고즈넉함 속에 없는 듯하여도, 반짝이는 이파리에도 떨어지는 달빛에도 너 있다.

오늘 아니어도 울어 지새울 날 많으나, 스쳐가는 바람이 너 같아 자꾸만 눈물 떨어진다.

2020년 4월 27일

나 먼지처럼 흩어지면 금방 잊히기를 바라.

나 떠나갈 때 배웅하는 이는 없어도, 바람 한 자락 함께할 수 있기를 바라.

나를 추억하는 가슴속에 나 대신 하얀 치자꽃 한 송이 피어나기를 바라.

2020년 4월 30일

상념에 잠기어 쉬이 잠들지 못하여 나의 하루는 지겹도록 길고도 긴 날.

그 천년 같은 하루가 검푸른빛 새벽에 떠밀려가니 즐거운 마음에 눈물 쏟아진다.

2020년 5월 1일

초록빛 사이로 떨어지는 빗방울이 향기로움만 남기고 바쁘게 떠난 네 발소리 같다.

젖지 않을 것만 같은 아픈 비가 종일 내린다.

어디에도 없는데 눈앞에 자꾸 어른거려 그리운 날.

2020년 5월 2일

슬픔은 매일 한숨 속에서 자라고, 아픔은 나날이 먹장구름처럼 두터워져간다.

어지러운 날이라도 이 슬픔, 이 아픔 너이기에 괜찮아.

2020년 5월 5일

어린이날인데 왜 안 올까.

너 있으면 고운 빛으로 가득한 날일 건데.

"어린이인데, 아직 어린이인데, 선물 웅? 선물" 하면서 칭얼대지도 않고 재미없다.

너 없는 어린이날.

2020년 5월 8일

얼굴 보면서, 같이 둘러앉아 맛있는 거 먹고 이야기하면서 함께 웃으며 떠들고 싶다.

오늘은 그런 거 하고 싶다.

너랑 함께했던 소소한 기억들이 떠오르는 어버이날.

2020년 5월 10일

힘겹게 버티는 모든 것이 눈물 나게 한다.

꽃잎 떨어진 자리에 노란 송홧가루와 함께 초록빛 여름이 빗물로 내려와 앉는다.

내 마음을 알기라도 하듯 비는 내리는데, 저 빗소리에 네 목소리라도 묻어오면 좋겠다.

2020년 5월 11일

바람길 따라 홀로 떠도는 그리움.

푸른 별빛처럼 올 너를 기다려.

기약하지는 않았어도 오리라 믿고 기다려.

갈증 같은 그리움이 아픔으로 살게 할지라도 기다려.

바람에 떠밀려 꽃 지듯 내려앉는 밤.

창백한 달빛에 외로운 그림자 길게 드리운다.

2020년 5월 13일

눈물 같은 날에도, 무심한 바람 같은 날에도 항상 네가 있어.

그렇게 넌 언제나 내 안에 있어. 그때도 지금도.

그래서 아무 일 없다는 듯 살고 있지.

함께했던 기억 잊은 듯이, 너 없는 날들을 웃으면서 유황불 지옥에서 살아.

2020년 5월 14일

찰나같이 머물다 바람 따라 멀고 먼 곳으로 갔지.

내가 떠나게 한 것 같아 미안해. 정말 미안해.

그리움 따라, 하늘길 따라 오늘도 너에게로 떠나는 마음.

2020년 5월 20일

품고 있는 그리움이 모질게도 아프고 슬프다.

한 숨결이면 닿을 것 같은 곳.

떠나고 싶은 마음만 차곡차곡 쌓여간다.

내가 아는 모든 것들과 이별할 날.

지친 여정의 끝일지라도 너 있어 그날은 외롭지 않을

거야.

2020년 5월 26일

내 눈에 담겨서 내 안에 살아 있는 너.

기억 창고는 너로 가득한데 왜 이렇게 서러울까.

너를 떠올리면 아픈 하루.

젖은 기억은 오늘도 널 찾아 떠난다.

너 없어 횅한 여기 비 오려나 하늘이 무겁다.

2020년 5월 31일

슬퍼도 울지 못하고, 신음조차 감추고, 서글픈 마음 숨기는 너 없는 날들.

색 바랜 그리움만 밤새 허공을 떠돌다 떨어지는 새벽.

닿을 수 없는 곳인가 불러도 대답이 없다.

올 수 없는 곳인가 꿈에서조차 볼 수가 없다.

2020년 6월 1일

못 봐야 보고 싶어지는 줄 알았더니, 보고 있어도 진한 그리움이더라.

눈길 머무는 곳마다 너 있어 보고 싶은 마음에 먼 그리움만 펄럭이던 날.

2020년 6월 3일

너의 자유로움은 나에겐 헤어짐의 다른 말이었지.

한번 가면 다시는 오지 못함을 알게 하는 너.

계절 따라 어김없이 피어나는 꽃과 다름을 깨우쳐주는 너.

2020년 6월 4일

딸아, 어쩌나.

싸이월드가 연결조차 잘 안 되더니 폐업했다네.

백업도 안 해주고 큰일이다.

이제 난 어디서 너를 찾고 그리워하나.

2020년 6월 5일

초록이 익어가는 6월의 하루.

바람에 깃든 여름 향기가 짙어간다.

함께했던 기억으로 살아가는 나.

그 흔적 사라지고 있어 가슴에 눈물 가득하다.

2020년 6월 7일

나처럼 슬프거나 아프지 않고 좋지?

허전하지도, 힘들지도 않고 신나지?

그래, 너라도 그런 날로 잘 보내다가 어제 헤어진 듯

우리 웃으면서 만나자.

2020년 6월 8일

바람 되어 우는 그리운 마음.

마른 눈물 속에 네 그림자만 일렁인다.

아픔도, 슬픔도 억센 바람처럼 거칠더라도 지나가겠지.

그렇게 나를 속인 날이 4천하고도 610일.

2020년 6월 11일

슬픔이 떠다니는 어둠 속.

그리움과 외로움이 별처럼 뜨는 밤.

깊은 슬픈 상처로 남아 소나기 같은 눈물로 나를 흔
드는 너.

눈물로도 위로가 되지 않아 뜬눈으로 새벽을 본다.

2020년 6월 16일

슬픔이 안개처럼 피어오르는 밤 12시.

감당하기 힘든 아픔이 터져나오는 절망의 시간.

걸음걸음 향기로움이었던 너 없는 절망한 가슴, 아직
도 슬픔만 가득하다.

넌 알기나 할까, 숨 막히는 이 어지러움을.

2020년 6월 18일
폭풍처럼 몰려와 가슴을 적시는 너.
가슴 저리도록 보고 싶다.
어떠냐고 안부를 묻지는 않아.
그러면 너무 먼 곳에 있는 것 같아서.

2020년 6월 19일
언제든지 떠나기 쉽게 전부 버리고 비우기.
미련도, 미움도, 사랑도 모두 남김없이 놓기.
너에 대한 기억만 안고 가기.

2020년 6월 22일
자비심 없는 뜨거움으로 끓는 날.
바람마저 익어서 불어온다.
이렇게 더운 날 넌 어떠니?
안부를 묻고 나니 서러워 아프기 시작한다.

2020년 6월 25일

가득 번져가던 비 내음이 꼭 너인 것 같아서 낮부터 내린 빗소리에 마음 빼앗겼던 날.

허공에 쓸데없는 생각만 빗방울만큼이나 차곡차곡 쌓았던 하루.

주체할 수 없는 그리움 나를 물들인다.

2020년 6월 27일

딸 절친 J 결혼식으로 서울에 다녀왔다.

보는 내내 기분이 이랬다저랬다 참으로 묘하게 뒤죽박죽.

내 딸도 드레스 입으면 저렇게 예쁠 건데.

2020년 6월 28일

바람과 햇볕 가득한 날.

어제부터 뒤죽박죽 소란한 마음이 부서진다.

내가 나를 애써 다독거려도 허한 그리움만 일어나고, 네 생각에 자꾸 가슴이 아프다.

전하지 못한 그리움 바람 되어 통곡하는 날.

2020년 7월 1일

비 냄새 남아 있는 흐린 하늘.

한 해의 반이 지난 첫날, 시시포스의 바위 같은 덧없는 시간 속을 또 걸어 들어간다.

지루한 내 시간은 얼마나 남았을까.

2020년 7월 2일

짜증스러움에 속상한 하루.

송곳 끝처럼 뾰쪽한 마음이 파랗다.

절망 같은 이 우울함은 바람 많은 날씨 탓인가.

너 없는 상실감 때문일까.

2020년 7월 4일

일상이 되어버린 기다림에 오늘도 여기서 너를 기다린다.

넌 언제나 저기 멀리서 나에게로 와서 말을 건다.

이젠 괜찮냐는 너에게 그렇다고 오늘도 거짓말을 한다.

2020년 7월 6일
눈앞에 아른거리는 너.
마음은 괜찮다고 하지만 자꾸만 눈물이 난다.
혹시나 하는 마음에 두리번거리는 마음이 아프다.
끝에서 끝으로 일렁이는 감정선.
넌 그렇게 눈물로 온종일 내 곁에 머문다.

2020년 7월 8일
꿈인지 생시인지 몰라 옳게 한번 안아주지도 못했다.
혼 빠져 따뜻하게 한번 품어보지도 못했다.
그렇게 허망하게 떠나보냈지.
그렇게 너를 보냈지.
지금 생각해도 꿈인 것 같다.

2020년 7월 9일
눈에 아무것도 들어오지 않는 날이 있지.
눈앞에 모든 것들이 멈춰버린 듯해서 멍한 날.
내 안에 네가 넘쳐나서 숨 가빠서 아픈 날.

2020년 /월 10일

그렇게 훌쩍 떠나면, 그렇게 바람처럼 사라지면, 아프고 슬픈 거는 버림받고 남겨진 자의 몫.

떠난 이도 아프고 슬플까?

슬픈 마음에 바람 불고 비 내리는 날.

2020년 7월 12일

날마다 내 안에서 무너져내리는 슬픔.

다 쓸어버릴 듯이 비가 쏟아진다.

숨차던 날로부터 모든 것 다 떠나가길.

바람으로라도 다시는 여기에 오지 않기를.

2020년 7월 13일

가면무도회 같은 날들.

미소 띤 얼굴로 인사 나누고, 아무렇지 않은 듯 밥을 먹고 너와 함께 거닐던 길을 아무렇지 않게 걸어.

어때, 나 괜찮아 보여?

2020년 7월 16일

초복. 유난히 더위 타는 너.

네 복달임으로 옻닭에 전복, 그리고 연어를 샀다.

와서 먹고 더위 잘 견뎌. 시원한 곳만 찾아다니고.

2020년 7월 17일

햇살이 모처럼 살랑거리는 날.

맑은 너 같아서 눈물 출렁이는 마음에 휘청거린 하루.

세월 가다 보면 생각나지 않는 시간이 오겠지.

보고파 하지 않아도 되는 그런 날이 오겠지.

그리움 파편들이 빛을 내는 너 만나는 날.

2020년 7월 18일

눈 감으면 그려지는 네 모습.

눈 안에 담아도 채워지지 않는 쓸쓸함.

어떻니? 괜찮니?

물어도 답 없어 조바심만 더해가고, 하루하루 실없는 걱정만 저 밖의 비처럼 내린다.

2020년 7월 22일

보고 싶다 하면 더 보고 싶어질까 봐 말을 삼키고, 그립다고 하면 미워질까 봐 마음을 지우고, 속이고 속여도 아쉬움에 번지는 눈물.

2020년 7월 23일

누구인지는 모르겠으나 꼭 그렇게 떠나야 했을까.

그렇게 꼭 보란 듯이 모든 걸 창밖으로 던져야 했는가.

그 이유 알 수 없으나 참 못됐다.

한 생명이 눈앞에서 꽃잎처럼 떨어져내려 가슴 먹먹한 비 오는 아침.

2020년 7월 26일

저 비 따라서, 저 바람 타고 오면 좋으련만.

내 간절함이 내 기다림이 부족한가 보다.

소식조차 없는 거 보니 아직 올 마음이 없나 보다.

아픔의 그리움이 고운 빛으로 설레면 보고 싶지 않은 것처럼, 떠나보낸 것처럼 아무렇지도 않게 그렇게.

2020년 7월 27일

널 하늘 너머로 날려보내고 회한에 지옥 같은 시간을 보내는 나.

숨을 쉬어도 살아 있는 게 아닌 하루하루.

다시 시작되는 비에 마음이 젖고, 떨어진 붉은 꽃잎 위로 속절없이 또 하루가 간다.

2020년 7월 28일

이 힘듦도 그 끝은 있으려나.

숨쉬기조차 힘든 아픔 위로 세월만 쌓여가고, 모난 생각은 오늘도 피 흘리게 한다.

그냥 다 놓고 싶다.

2020년 7월 29일

앞이 보이지 않을 만큼 퍼붓는 비.

비 떨어지는 창에 장화 신고 우산 챙겨 드는 네 모습이 겹쳐지는 날.

오늘은 어디서 빗물 철벅거리며 걷고 있을까.

2020년 7월 30일

아주 먼 곳에서 여행 중인 너.

긴긴 시간 헤어짐은 그리움이 외로움으로 된다.

이젠 그만 돌아오렴.

가슴 아리도록 보고 싶으니까.

2020년 8월 3일

불볕더위와 거친 비로 정신 사나워 뽀송한 햇살이 그리운 날.

눅눅함 속에 울컥거리는 감정이 서글프다.

아무것도 원하지 않으면 내가 조금 덜 아플까.

2020년 8월 6일

미칠 듯이 그리운 생각의 끝은 꺼져가는 노을빛같이 쓸쓸하고 외롭다.

외로움 돌아서면 또 터질 듯이 보고 싶어지는 너.

우리 다시 함께할 때는 그리움 말고 행복한 사랑만 하자.

2020년 8월 8일

지금 왜 이러고 있는 걸까. 왜 살고 있는 건지.

모든 의미가 가벼워지고 무의미해져서 마음이 거지 같은 날.

저 하늘 무너지면 좋겠다.

2020년 8월 11일

나뭇잎 흔들려 바람 거기 있음을 아는데, 어디에도 다 있는 너는 보여도 없어.

그 공허함으로 현기증 나는 날.

변덕스러운 여름 날씨에 넌 괜찮니?

2020년 8월 12일

파란 하늘 너 참 오랜만이다.

뜨거운 햇볕 너도 반갑고.

시끄러운 매미 소리까지 정겨운 날.

눅눅해진 몸은 잘 말려지겠는데, 축축한 마음은 어떻게 말리나.

2020년 8월 17일

존재하는 모든 것에는 다 그 이유가 있는데, 내가 이곳에 온 것은 무슨 의미일까.

유리창에 비친 너.

금방이라도 바스러질 것 같은 넌 누구니.

2020년 8월 18일

당장 오늘이라도 여길 뜬다 해도 허무할 것도, 미련도 없는 삶.

여기 이곳에는 다시 돌아오지 말기를.

부디 너 있는 그곳에 머물 수 있기를.

2020년 8월 19일

쉬 끝날 것 같지 않은 불같은 날.

그래도 새벽바람에는 한 점 시원함이 묻어 있다.

가을 그림자 여름 안으로 스며들까 두려운 마음.

아물지 않는 기억이 아프기 시작한다.

2020년 8월 24일

버림받은 마음 바람 되어 울고, 스치는 바람 수만큼 피어나는 미움 같은 그리움.

마른 눈물 속에 야속한 시간은 빨리도 온다.

보고 싶어서, 아파서 올가을은 또 어떻게 하나.

슬픈 마음 제발 아무것도 느낄 수 없기를.

2020년 8월 25일

아직도 믿기지 않는 그 거짓말 같은 시간.

세월 흘러도 여전히 그 안에 머물러 있다.

너 없는 시간 속을 혼자 걷고 있는 나.

꿈이기를 바라면서, 언젠가는 그 꿈에서 깨어날 거라 믿으면서.

2020년 8월 28일

왜 아픔뿐일까.

왜 다 지옥 같은 상처뿐일까.

단 하루라도 평범하게 살고 싶은데.

왜 참고 견디며 버텨야만 하는 걸까.

다 놓아버리고 싶다.

2020년 8월 29일

오늘 하루 소풍처럼 살고파도, 빈 가슴은 떠날 날만 기다려.

차가워진 바람에 마음만 더 울적해지는 날.

넌 어떠니? 우리 손잡고 노을 보러 갈까?

2020년 9월 4일

하늘빛 곱고 햇살 좋은 날.

맑은 너의 미소로 표정을 만들고 그 웃음소리 가슴에 가득 담아봐도 아프다.

언제쯤이면 젖지 않은 목소리로 널 부를 수 있을까.

2020년 9월 6일

비바람 부침 많은 날 가기 싫은 미련일까.

계절은 저마다의 모습으로 다가온다.

바람에 날리는 빗방울에 여기 소식 전하는 날.

목이 메어 전하지 못하는 미안하다는 말도 함께.

2020년 9월 9일

선선해진 바람 부지런히 가을을 나르고 국화 향 같은 가을 내음 여기저기 차오른다.

계절에 계절이 겹쳐지고 하늘에 네 얼굴 그려지는 날.

멈추어진 시간 속으로 하루가 또 저문다.

2020년 9월 11일

인생 참 허무하지.

가고 싶어도 갈 수 없고, 머물고 싶다고 머물 수도 없다.

생각대로 되지 않는 시간 그냥 그대로 흐름에 맡기다 보면, 우리 마주하는 날 멈춰 있던 모든 것 살아 숨 쉬게 되겠지.

그 생각만으로도 눈물 나게 행복해지는 시간.

2020년 9월 14일

바람이 흔들고 간 자리에 가을이 서 있었다.

눈 시리도록 파란 하늘에 가을이 스며 있었다.

가슴 저린 계절은 올해도 어김없이 그렇게 왔다.

붉디붉고, 푸르디푸른 빛으로.

2020년 9월 15일

이슬처럼 눈에 맺히며 아프게 나에게 오는 너.

이 고운 계절에 떠났지.

비에 적듯 그리움에 물들어 보고 싶은데 어디를 봐야 하나.

너 머무는 거기도 계절이 바뀌고 있니?

그 계절은 어떤 빛이니?

2020년 9월 16일

그래 맞아.

잠시 딴생각에 홀려 깜빡하는 거지.

그 무엇이 그 자리를 메워줄 수 있을까.

빈자리에 다시 슬픈 빛으로 가을이 스며들면, 난 또 이 길을 울면서 걸어가겠지.

2020년 9월 17일

우울해진 마음 힘겹게 내려앉는 날.

모든 것이 그리움이 되어버린 너.

너 쓰던 노란 샤프에 유독 눈길 뜨겁게 닿는 날.

왼손으로 한자도 멋지게 잘 쓰던 너, 보고 싶다.

2020년 9월 18일

　세월의 모퉁이를 돌고 돌아 화려한 빛깔 속 무거운 아련함으로 오는 계절.

　견딜 수 없는 아픔에 눈물 차오르게 하는 너.

　참 싫다.

　길어지는 탄식에 시름만 깊어간다.

2020년 9월 19일

　어둠이 내려앉고 가슴속 별에 불 켜지면 멈춰 선 기억의 시간 속으로 여행을 시작한다.

　잠시 머물다 영원이 된 그리움 찾아서.

　보고 싶은 딸 찾아서 길 떠난다.

2020년 9월 20일

떨쳐내지 못한 기억이 그리움으로 맴돌듯 바랜 빛으로 머뭇거리고 있는 여름.

쓸쓸한 가을바람에 쓸려간다.

세월 흘러도 그날은 생각만으로도 두렵다.

올가을은 부디 아프지 않기를.

2020년 9월 21일

마음 깊이 들이치는 회색빛 가을.

괜찮을 거라고 다독거려도 새어 나오는 긴 한숨.

슬픔은 언제나 현재형이 된다.

어둠같이 스며드는 아픔에 심연처럼 가라앉는 날.

2020년 9월 23일

눈뜨니 눈물이 기다리고 있었다.

꿈속에서 닿았던 그 온기.

한번만 더 느껴볼 수 없을까.

사랑한다는 그 말 지금 다시 듣고 싶다.

어디 갔니?

2020년 9월 25일
밖에서 서성이는 마음이 춥다.
찬바람 끝에 훅 들어온 이 계절이 낯설기만 하다.
네 재잘거림과 웃음소리가 더 그리운 날.
내 마음 어찌할 수 없어서 눈물 나게 가슴 아프다.

2020년 9월 27일
길섶 코스모스에 가을빛 가득 담기고, 꽃잎에 스민
그리움 바람에 흔들린다.
너에게 닿지 못하는 내 마음처럼 애처롭기만 하다.
잃어버린 이름 하나 허공에 불러본다.
사랑한다, 사랑해.

2020년 9월 29일
추석이 다가오니 더 시리게 와닿는 가을.
채워져가는 달처럼 허전함 쌓여가고, 바깥 기웃거리
는 마음에 아픈 바람만 가득하다.

2020년 9월 30일

저 골목길 돌아서면 너 서 있을 것 같은데.

따스한 미소와 그리운 목소리가 기다리고 있을 것 같은데.

구월의 마지막 노을과 지나가는 바람뿐이더라.

2020년 10월 2일

쉼 없는 시간 속에 순간은 잊힌다고 하지만, 그 암담한 순간을 아직도 아프게 붙들고 있는 나.

이젠 무디어질 만큼 세월 흐른 줄 알았는데, 여전히 힘들고 슬프고 외롭기만 하다.

그래도 아직 바람으로 남아 있는 너를 사랑한다.

2020년 10월 3일

가을이 내려앉더니 가을이 핀다.

보고 싶은 너.

꿈에 오더니 잠시 머무름도 없이 가버리네.

아직 못다 한 말이 많은데.

언제일까, 하고픈 말 너에게 다 할 그날.

2020년 10월 4일

곁에 있는 듯해도, 언제나 함께 하는 듯해도, 닿지 못해서 아쉬워지고 그리워져 여기 서 있다.

세월의 더께가 어깨 위를 덮어도 혹시나 하는 마음에.

2020년 10월 8일

너도, 나도 모두 지나가는 순간이라서 머물 수도, 붙잡을 수도 없지.

너의 하루라도 잡을 수 있다면 나를 버리는 일쯤 슬픔도 아니겠지.

2020년 10월 9일

가슴 시린 보고픔이 가을빛에 물들면 눈물 가득한 그리움 파란 하늘만큼 깊어지고, 짙어가는 슬픔 외면해도 아픔은 무거워진다.

가장 가까이 있는데도 그립기만 한 너.

보고 싶다고 말해도 오지 않는 너.

밉다고 말하면 한번 와주려나.

2020년 10월 10일

그리움의 파편 위에 하고픈 말 쌓여가는 날.

너랑 웃으며 갈바람 보고 싶다.

이 가을 속 손잡고 거닐고도 싶다.

사랑한다는 말도 해주고 싶고.

2020년 10월 11일

보이는 모든 것이 슬픔이고 아픔일 때가 있다.

아닌 척해도 슬픈 거는 슬프고, 아픈 거는 아프기 마련.

곱게 물들어가는 노을도, 짙어져 가는 가을빛도, 따가운 볕도, 떨어지는 별빛도 그저 슬프기만 하다.

그런 날은 홀로 서러워지고 외롭다.

뭘 해도 우울하고 눈물이 난다.

2020년 10월 12일

차가운 바람 스친 자리에 가을 곱게 익어가고, 그리움 묻어있는 가을 향기에 한숨 길어진다.

안개처럼 번지는 넌 여전히 아픈 눈물이더라.

긴긴 밤을 흔들리며 설치고, 홀로 마른 눈물에 지쳐 잠드는 새벽.

2020년 10월 15일

하늘은 가을을 그리며 점점 높아져가고 바람은 잎새에 고운 물 뿌리며 스쳐가는데, 치받아 올라오는 서러움은 갈수록 잦아진다.

멍하니 얼마나 서 있었는지 헤아릴 수도 없는 날들.

오늘은 잿빛 하늘 그림자처럼 건조하고 쓸쓸하다.

2020년 10월 17일

물빛 고운 하늘로 왔다가 낙엽으로 가는 가을.

스쳐가는 절망 같은 계절.

노을빛처럼 젖어드는 그리움에 스미는 외로움.

가을 너도, 가 버린 너도 원망스러운 날.

2020년 10월 19일

빈 들녘 같은 가슴, 붉은 핏빛 그리움으로 물들고 구름 없이 유난히 시린 하늘은 남겨진 마음 같다.

오늘도 하늘 저편 홀로 서성이다 접는 하루.

너에게 묻는 안부가 아프다.

아픈 시월, 넌 잘 지내고 있니?

2020년 10월 22일

가을비 서글프게 내리는 날, 물안개처럼 번져가는 기억에 아픔만 자욱하다.

더 잃을 것 없는 가슴 바람에 흔들리고, 널 위해 비워놓은 자리엔 무심한 슬픔 혼자 앉아 있다.

2020년 10월 23일

붉게 물들고 노랗게 익어가는 시간.

고와서 슬프고, 아름다워서 더 아프다.

고운 빛 떨치고 떠난 너.

가을빛 쏟아지면 후회와 아픔의 기억도 함께 내린다.

함께 할 수 없는 미안함과 원망, 그리고 세월 가도 줄어들지 않는 슬픔도.

2020년 10월 24일

잿빛 상념으로 두려움 삼킨 듯 아득해지는 날.

갈 곳 잃은 마음이 바람 속에서 서성인다.

끝내 떨쳐버릴 수 없는 수만 갈래 생각, 노을 져가는
가을처럼 나를 끝없이 흔든다.

2020년 10월 26일

숨 막힐 듯 휘청이며 지내온 세월이 아프다.

숨결 같은 그리움 유난히 출렁이는 날.

쓸쓸한 갈바람에 전하는 말.

딸아, 사랑한다. 보고 싶다.

2020년 10월 28일

바람 불어오다 나뭇가지에 걸려 우는 날.

떨어지는 고운 나뭇잎이 너 같아 서럽다.

너 떠난 오늘, 함께였던 많은 기억이 모두 꿈이었을까.

부치지도 못할 편지를 너에게 쓴다. 행복하니?

2020년 10월 31일

나뭇가지 파고든 하늘을 봐도 슬프고, 떨어지는 가을을 봐도 아프다.

빈 마음에 무심한 바람만 오고 간다.

잠시 후 만날 거라 달래도 애달픈 눈물은 차오르고, 떠나는 갈바람 소리 그리움에 젖어들게 한다.

2020년 11월 2일

고운 빛 남겨두고 돌아서는 가을처럼 향기롭고 따뜻한 흔적 그리움으로 남겨놓은 너.

그 기억으로 하루를 살고, 그 추억으로 눈물 적신다.

2020년 11월 3일

눈 쏟아져도 하나도 이상하지 않을 것 같은 하늘.

바람에 감기는 가을 냄새가 차갑고 시리다.

계절은 뒤돌아서려고 하는데 난 아직도 거기에.

넌 어디에 있니?

2020년 11월 4일

차가운 바람에 하늘은 메말라가고, 빛바랜 낙엽으로 가을이 떨어져내린다.

돌아서는 계절 속에 너는 여기저기에 있고, 때론 그 어디에도 없고.

2020년 11월 6일

바람에 흩날리는 가을의 끝이 가슴 시리다.

그렇게 흘러가고, 그렇게 흩어지는데, 마음은 여전히 아픈 시간 위에서 나부낀다.

이 바람 멎는 곳에 너 있을까.

울어도 변할 건 없는데 자꾸만 눈물에 젖는다.

2020년 11월 7일

널 기다리던 그 자리에 서면 자꾸만 두리번거리게 된다.

"올 건데, 너 올 건데" 혼잣말하며 너를 찾는 나.

길 건너편에서 손 흔들며 나를 부르던 너.

난 아직도 꿈인지 생시인지 모르겠다.

2020년 11월 8일

차가운 바람만큼 가을은 조금씩 멀어져가는데 고운 가을빛은 아직도 땅 위에 뒹굴고 있다.

계절의 모퉁이에서 차갑고 슬픈 가을볕을 배웅하는 날.

잘 가.

2020년 11월 11일

빼빼로데이에 너도 없고, 빼빼로도 없다.

너 없는 공간에 어둠이 내려앉는 시간.

쓸쓸하고 외로워진다.

한 아름 안고 들어오던 너의 그 부산스러움이 보고 싶은 날.

2020년 11월 12일

보이지 않아도 좋아.

늘 그랬듯이 넌 그리움으로 스며들 거니까.

슬프고도 아픈 그리움 나를 숨 가쁘게 해.

내 하루는 시작에도, 그 끝에도 네가 있어.

2020년 11월 13일

눈에 아른거려도 닿을 수 없으니 답답하다.

언제나 함께 다니고 같이 있는 것 같은데도 온기 느낄 수 없어서 서럽다.

하여 언제나 혼자이고 외로운 나.

2020년 11월 14일

하고픈 말 가슴에 가득 쌓으면서 너를 못 보고도 괜찮은 척하며 살고 있다.

바람은 만날 수 있을까, 내가 놓친 너.

나도 바람이 되고 싶다.

2020년 11월 15일

바람이 실어나르는 차가움에 한 점 볕이 그리운 날.

가을은 그리움이 씨줄 날줄로 얽히고설켜 있는 계절.

코스모스처럼 한들거리는 그리움이 차마 눈물겹다.

2020년 11월 17일

돌아서는 계절 뒷모습이 쓸쓸하다.

우리도 언젠가는 외롭게 홀로 돌아가겠지.

마지막 노을빛처럼 가슴 저리게 사그라질 수 있기를.

2020년 11월 18일

바람길 따라 맴돌다 쏟아지는 낙엽.

너도 나처럼 그리움으로 맴돌다 오는가.

저편 하늘 어스름해져 쓸쓸함 밀려오면, 바람 속에 서 있던 기다림, 올 거란 기대 한 조각 어둠 속에 던져 두고 돌아선다.

2020년 11월 19일

차가워진 바람이 종일 분주하다.

무심한 계절이 애별을 고하고 있는 날.

소용돌이치는 바람에 빗줄기는 흩어지고, 노란 비 되어 내리는 은행잎.

벌써 내년에 다시 올 시간이 아파지는 하루.

2020년 11월 25일

웃어도, 울어도 인생이라던데 보고 싶은 것과 기다림의 시간만 있고 하고 싶은 것 없는 이번 생은 망했다.

나의 끝자락에서는 좀 더 긴 꿈을 꿀 수 있기를.

2020년 11월 26일

멈춰 있는 기억 사이로 뚝뚝 떨어지는 그리움.

순간순간 겹쳐지는 그 얼굴 보고 싶다.

너 없는 아픔의 세월.

마음이 얼어붙은 시간을 한숨으로 녹이고, 칠흑 같은 이별의 세월을 만남의 기다림으로 견딘다.

2020년 11월 27일

밤이 깊어지면 슬픔의 조각들이 빛을 발한다.

바람 스치듯 지내온 세월.

그 언저리에 머물다 지나간 시간.

비어 있는 스산함에 허전하고 쓸쓸하기만 하다.

2020년 11월 28일

그리움이 눈가에 눈물처럼 고이고, 울음이 터져나와 잠들지 못하는 밤.

낙엽 사이로 갈바람 서걱거리고, 뽀얗게 번져가는 입김에 어느새 겨울이 피어난다.

이렇게 눈물 나게 보고 싶은 날 넌 바람으로 온다.

2020년 11월 29일

어둠이 가슴에 잠기면 슬픔 휘몰아쳐 무거워지는 마음.

눈물진 그림자 위로 지워지지 않는 기억과 아픔이 쌓여간다.

못 해준 지난 시간 위로 먹물처럼 번져가는 아쉬운 흔적.

2020년 11월 30일

고운 네 모습이 떠오르면 너무나 선명해 슬프고, 놓을 수 없는 아픔은 숨조차 쉴 수 없게 한다.

시린 바람이 휘감고 돌아가는 날.

머무는 자리마다 아프고, 눈물이다.

2020년 12월 1일

내 안에 차오르는 그리움은 일상이 되고, 만나지 못한 기대는 한숨 속 눈물이 된다.

홀로 가야 하는 이 길.

너에 대한 기억만은 꼭 간직하고 가기를.

2020년 12월 3일

하늘을 가르는 바람 얼굴을 때리고, 시린 아픔은 가슴 깊은 곳으로 침전한다.

텅 빈 외로움에 빠져드는 하루.

만약에, 만약에 그랬다면 하는 후회만이 가득했던, 오늘은 수능 치는 날.

2020년 12월 4일

매서운 바람에 따스함이 그리운 계절, 햇살 같은 딸의 포근한 미소가 그리운 날.

그리움에 스며든 한 줌 햇볕이 온기처럼 번져가고 애틋한 나의 하루 너에게 흘러간다.

2020년 12월 6일

빈 가슴에 아픔을 숨기고 웃음으로 표정을 감춰도 마음은 여전히 허공을 떠도는 바람처럼 춥다.

잔뜩 찌푸린 하늘, 대설이라 눈이 오려나.

2020년 12월 9일

그리움이 흔들리면 너에게로 달려가지.

잿빛 낮은 하늘에도, 반짝이며 부서지는 햇살에도, 지나쳐가는 낯익은 건물에도, 귀에 익은 전화벨 소리에도, 무심하게 스쳐 가는 바람에도 그리움은 흔들린다.

하여 매일 너에게로 간다.

2020년 12월 10일

네 생각으로 잠들지 못하는 어둠의 시간.

별빛은 슬픈 기억처럼 떨어져내리고, 바람은 가슴 시린 노래처럼 울고 간다.

내가 기억하는 지금의 모습 그대로, 그리워하는 지금의 이 마음 그대로.

그날까지 너도, 나도 그대로이길.

2020년 12월 14일

밤에 피어나는 그리움은 아픔이지.

아픔의 그림자는 어둠 속을 유령처럼 떠다니고, 빈 들녘 같은 마음에는 시린 바람만 가득하다.

사랑한다는 말 바람에 띄우면 너에게 닿을까.

2020년 12월 16일

이루지 못하는 그리움, 아픔 되어 밀려오고 애달픈 마음은 허공에 매달려 바람에 나부낀다.

마음마저 추운 날, 이젠 놓아주어야 한다는데 잡고 있어야만 살아갈 수 있어서 놓을 수 없는 너의 끈은 화석이 된다.

2020년 12월 17일

먼 산 바라보듯이 무심하게 산다.

만 갈래 상념 보이지 않게 밀어넣고, 두껍게 분칠까지 하고 그렇게 산다.

생각도 말고, 그리워 말고, 미워하지도 말고, 기다리지 않기로 하루에 몇 번씩 다짐해도 하나도 지키지 못하는 나.

2020년 12월 22일

그리움이 화병처럼 치받아 올라와 멍하니 하늘만 쳐
다본 날.

빗방울 헤집던 바람에 눈발이 묻어 있다.

시시하게 내리는 싸락눈에도, 눈 온다고 좋아하던
네가 생각나는 날.

2020년 12월 23일

먼 옛날처럼 아득해져가는 너와의 기억.

감정선은 사소한 일에도 오락가락 시소를 타고, 드리
마 속 일상적인 한 줄 대사에도 눈물짓는 날.

버티고 버티는 나의 한계점은 어디일까.

2020년 12월 26일

바래가는 시간의 흔적에서, 희미해져 가는 너의 향기
에서 내 불면의 이유인 너를 생각한다.

외롭고 슬픈 어느 글에 내 마음 포개본다.

2020년 12월 28일

외로운 바람 낙엽 위에서 바스락거리고, 물기 마를 날 없는 가슴은 바람 걸린 빈 가지처럼 허망함만 무성하다.

어찌할 수 없는 세월 참으로 가혹하다.

그래도 괜찮을 거라 네가 말해줘.

2020년 12월 31일

한 해가 저문다.

똑같은 날의 연속이지만 달이 가고, 해가 바뀐다고 하지.

우리가 시간에 얽매여 살아갈 뿐 시간은 오고 간 적이 없건만, 날이 간다 온다고 말들 하지.

여전히 삶은 줄타기하듯 위태롭기만 한데, 해가 바뀐다고 다른 생이 있으려나.

2021년

2021년 1월 1일

사랑하는 마음과 미워하는 마음을 그리워하는 마음에다 실어 보낸다.

보고 싶다.

2021년 1월 4일

보고 싶음은 너의 그리움이라 보낼 수 없고, 아픔도 너의 슬픔이라 놓을 수 없다.

그리움과 슬픔을 품은 가슴은 아쉬움과 회한뿐.

넌 나에게 그래.

2021년 1월 7일

매서운 바람이 날아다니더니 바스락거리는 마음에 눈물이 얼어붙는다.

예뻐하시던 손녀랑 함께라서 좋으시죠?

바람의 음성으로 안부를 여쭙는다.

- 아버님 忌日

2021년 1월 8일

눈과 얼음 속에 묻힌 시간 이어지는 날들.

시린 차가움에 허허로움 더해간다.

끝없는 기다림 위로 수북하게 쌓여가는 쓸쓸함.

넌 오늘도 잠 못 이루게 한다.

2021년 1월 9일

잠 덜 깬 눈에 눈물 가득한 날.

깨고 싶지 않은 꿈이었나, 아니면 네가 다녀간 거니?

다시 볼 수 있을 거란 기대에 잠을 청한다.

넌 끝내 오지 않고 어둠만 이어져 있던 꿈길.

길 끝에 내려놓은 허전한 마음만 펄럭인다.

2021년 1월 10일

너와 함께했던 시간이 어제 같기도 하고, 까마득한 옛날 같기도 하다.

지금이라도 아빠라고 부를 것만 같아 난 기다린다.

행복을 주는 너라는 축복과 다시 만나는 또 다른 축복을 기다리며 세월을 꼽는다.

2021년 1월 11일

그리움으로 찢어진 마음, 놓을 수 없는 슬픔에 아픔
이 넘쳐난다.

나 떠나는 그날, 얼마나 더 기다려야만 하는 걸까.

너 없어서 나라는 존재조차 기억에서 사라질 그날.

홀로 쓸쓸하게 뒤안길 걸어가는 내 뒷모습.

처량하겠다.

2021년 1월 15일

멍울진 마음에 지난날 회한만 일렁이고, 비어 있는
눈 속에는 핏빛 눈물만 가득하다.

함께하다 떠나기도 하고, 다시 오기도 하는 거라서
기도하는 마음으로 기다린다.

답 없는 기도가 날카로운 가시 되어 찌를지라도.

2021년 1월 26일

어느 해 오늘, 너랑 팔짱 끼고 이 길을 걸으며 데이트 해서 좋다고 했지.

또 다른 어느 해 오늘, 눈 내렸다고 함께 눈사람 만 들자고 했지.

지금 오늘은 나 혼자 하늘 보며 너 있을까 찾고 있다.

2012년 1월 27일

봄날 같더니 바람이 차갑다.

옷깃을 세우고 남아 있는 겨울을 잡아 주머니에 넣 는다.

겨울 가고 봄, 여름 지나서 가을 옴이 두려워, 이 계 절 조금 더 붙잡아두고 싶은 마음이 눈물겹다.

2021년 1월 29일

바람 불고 추운 날 감기는 안 걸렸는지, 따뜻하게 챙겨서 다니는지.

습관처럼 걱정하다가 원망하고, 미워하다가 슬퍼한다.

가고 없는 자리는 늘 허망하고 아프다.

2021년 1월 30일

어느 정도를 알아야만 안다는 걸까.

내가 나를 모르듯이, 빛이 그림자를 모르듯이.

아주 까마득히 너를 몰랐던가 보다.

밝은 미소와 웃는 모습만이 전부가 아닌 것을.

내 어리석음에 화가 난다.

2021년 2월 2일

바람이 봄빛으로 물들고 있다.

봄 실어 나르는 바람 위에 꽃샘추위도 함께 온다.

늦추위로 꽃망울 속에서 머뭇거리고 있는 봄.

봄볕이 차가움 털어낼 때 너를 볼 수 있으면 좋겠다.

2021년 2월 3일

더없이 맑고 고운 햇살 같은 애가 품 안으로 온 날.

내 딸로, 우리에게 와주어서 고마워.

향기로움으로 가득했던 날들 행복했어.

사랑해.

그리고 가끔 미워도 해.

2021년 2월 5일

밤과 새벽의 경계가 모호한 시간.

잠들지 못한 마음에 상념 일어나 춤을 춘다.

너를 만나기 전에는 이 슬픔 여물지 않을 거야.

너를 안기 전에는 이 아픔 사라지지 않을 거야.

남겨져 서러운 마음 흩어질 그날은 언제일까.

2021년 2월 6일

버텨야 하는 시간이 참 눈물겹다.

무슨 미련이 남은 걸까.

놓아버리면 그만인 것을, 떠나면 될 것을.

어지럽던 하루, 홀로 가는 긴 그림자가 쓸쓸하다.

2021년 2월 8일

쌓이고 쌓인 보고픔이 원망이 되고 그 원망 모여 다시 그리움이 된다.

여전히 사랑하기에 미워할 수 없는 너.

2021년 2월 9일

너를 기다리는 마음 허공을 잡는 손 같아 슬프다.

슬픔도 살아가는 일이라 어찌할 수 없으나 이 모든 게 꿈이라면 좋겠다.

바람만 스쳐도 설움에 눈물 쏟아지는데, 괜찮아질 거라고, 넌 나에게 잔인한 말만 바람으로 전한다.

누가 나 좀 깨워주면 좋겠다.

2021년 2월 10일

기다림이 해바라기 되어 돌고 있는 이곳.

내 해진 마음이 펄럭이고 있을 너 있는 그곳.

이 하늘 밑과 저편 하늘 밑 같은 듯, 같지 않은 듯.

2021년 2월 11일

설 연휴 시작되니 더 보고 싶어지고 구운 부침개 위로 포개지는 네 얼굴이 서럽더라.

마른기침같이 잦아지는 한숨에 오늘따라 더 멀리 달려나가는 마음.

이런 날 정말 싫다.

2021년 2월 14일

비에 업혀서 봄이 온다.

빗물 머금은 목련 가지에 봄이 매달려 있는데 머리카락 헤집고 가는 바람은 여전히 맵다.

가슴에 똬리 튼 한숨이 고개 쳐드는 밤.

잘 있니?

2021년 2월 18일

성급한 마음에 봄, 봄 해도 아직은 겨울인가 보다.

한숨같이 시린 바람이 다시 꺼내 입은 두꺼운 옷을 파고든다.

계절이 뒤섞인 하늘 맴도는 바람 소리에 두리번거리는 마음.

춥다.

2021년 2월 19일

머뭇거리던 계절이 가려나 보다.

내가 가지고 있는 계절 몇 개인지 모르겠으나, 하나를 접으니 또 다른 하나가 온다.

넌 안 오니?

2021년 2월 20일

　우리 모두 언젠가는 돌아가기에 눈가에 맴도는 네 모습 세월 속에 묻어두었다가, 그리운 목소리는 가슴속에 고이 품었다가 다시 만나는 그날 풀어놓을 거다.

　꽃다발 한 아름 든 소년의 두근거리는 마음으로 그날을 기다린다.

2021년 2월 22일

　보이는 것만이 전부가 아닌 게 있지. 너도, 나도.

　내 앞에 넌 여전히 있고, 없고.

　난 여전히 웃는 가면 안에 있고, 없고.

2021년 2월 23일

　네 생각 없는 날이 없지.

　매일 찾아와 넌 내 안에 내가 된다.

　지난 시간 속의 너도, 지금의 너도 그 고운 모습으로 나를 슬프게 한다.

2021년 2월 24일

나 있는 여기, 너 다시 올 수 없는 여기.

철 지난 바닷가 같고 놓친 기차의 뒷모습같이 쓸쓸하여 슬프다.

아닌 척, 괜찮은 척 애써 웃어도 아프다.

너 있는 거기와 다른 여기.

2021년 2월 25일

잔뜩 흐린 하늘 가슴 답답하더니 한숨 새어 나오듯 봄비가 내린다.

정월대보름 오곡밥과 나물 준비로 마음이 바쁜 날.

너 참 애먹인다.

2021년 2월 26일

보름달 보고 너는 무슨 소원을 빌었을까.

나한테도 빌라고 하던 그 소원은 무엇이었을까.

지워지지 않는 기억이 아프게 한다.

지난 생각에 가슴 아리고 마음 시린 대보름날.

2021년 3월 1일

봄비치고는 많은 비 쏟아지더니 아련한 그리움처럼 눈 되어 내린다.

첫눈으로 먼 그곳에서 여기 안부를 묻는 거니?

잘 지낸다는 거짓말에 눈물 고인다.

2021년 3월 2일

사랑해서 자꾸만 그립다.

그리워서 자꾸만 슬프다.

슬퍼서 자꾸만 아프다.

그래서 눈물 나고, 외롭다.

2021년 3월 4일

숨겨둔 한숨이 안에서 굳어갈 때, 외로움은 홀로 긴 그림자 드리운다.

너 때문에 난 그런데, 넌 좋니?

즐겁니? 행복하니?

2021년 3월 7일

그리움으로 가슴에 일어나는 바람.

파고드는 아픈 기억으로 잠들지 못하는 날들.

눈 뜰 기운조차 없이 힘든 지금.

떠나면 딱 좋을 때인데 누가 나 좀 잡아가지.

2021년 3월 11일

햇살 눈부시고 바람마저 다정한 날.

꿈속의 정경같이 모든 게 나른한 날.

더 그리워져 심란하고 생각마저 많아지는 날.

봄도, 너도 미운 날.

2021년 3월 12일

봄이라 하는데, 난 겨울비 내리는 스산한 저녁녘 같은 어둠 속.

이 화려한 봄 돌고 돌 때 내가 보지 못하게 되는 봄 그 어느 날.

널 만나겠지. 그날을 기다린다.

2021년 3월 15일

구만리처럼 아득하던 길이 어느새 황혼녘.

그리 넉넉하게 남지 않음이 축복이라.

지나온 날들이 일장춘몽 같다.

　오고 가는 길목에 서면 그리운 너 있는 저 너머로 바람처럼 갈 수 있기를.

2021년 3월 16일

가슴이 아픈 것은 슬픈 그리움이 짙다는 거겠지.

지난 시간 자꾸 뒤돌아봄은 회한이 많다는 거겠지.

서러움이 많아짐은 쓸쓸함 또한 깊어간다는 거겠지.

참 힘들다.

2021년 3월 19일
예쁜 막둥이 먼 길 떠나는 날.
하얀 목련꽃이 피었더라.
길에서 맺은 인연으로 함께한 13년.
네가 있어서 행복했다.
누나랑 리치 형, 꼬맹이 형하고 잘 지내고 있어.
사랑한다 막둥이.
너희들은 누나하고 함께라서 좋겠다.

2021년 3월 26일
바람마저 부드러워졌다.
리치하고 꼬맹이랑 뛰어다니던 딸 모습이 눈앞에 아
른거려 아픈 날.
가는 세월에 바람처럼 섞여 하나된 너희들.
사랑 더 주지 못한 회한이 슬프게 한다.

2021년 3월 28일

다 지나간다 했지.

아픔도, 슬픔도, 지치고 힘든 시간도 다.

그러한 바람 또한 욕심이라면 욕심이겠지.

나를 위해 너를 놓지 못함처럼.

2021년 3월 29일

그 어떤 일도 이제는 아무것도 아닌데, 남아 있는 네 혼적에는 무너진다.

혼자 남겨져 있다는 생각에 찔려 피 흘린 날.

바람 머무는 골목 어귀 벚꽃 눈처럼 날렸다.

2021년 4월 1일

라일락 꽃망울 방울방울 뭉쳐 향기로움 가득 찰 때 쏟아지는 햇살은 이른 여름을 떠올리는데, 너 없는 가슴엔 차디찬 겨울이 살고 있다.

2021년 4월 4일

어제부터 내린 비에 하얀 꽃 피어나고, 나뭇가지에는 연둣빛 뚝뚝 떨어지는 봄이 내린다.

지천으로 봄 피어나듯 내 마음에도 그런 날 있을까.

2021년 4월 5일

화려한 빛으로 살아나는 저 봄은 진행형인데, 내 삶은 갈수록 왜 이렇게 더 어둡고 무거워지는지.

왜 이렇게 살아야만 되는 건지.

가슴에 슬픈 별 새기고 간 사랑, 그립고 보고 싶다.

2021년 4월 7일

고운 빛으로 온 봄 푸르름으로 빛나고 부드러운 봄빛에 투명하던 연초록 짙어가는데, 한낮은 벌써 여름 한 자락이 온 듯 뜨겁다.

잘 지내니?

2021년 4월 8일

절정으로 치닫는 봄.

이제 곧 제대로 이별할 시간도 없이 지나가겠지.

너처럼 마음 전할 시간조차 주지 않고 야속하게.

모든 것이 짧은 꿈 같다.

2021년 4월 9일

내 말 들리니? 듣고는 있는 거니?

네가 말할 때 내가 귀 기울여 듣고 내가 말하면 미소 지으며 듣는 그 소소한 일조차 할 수 없는 일이 되어버린 지금, 슬픔만 가득 차오른다.

2021년 4월 13일

무슨 바람과 이유로 어둡고 습한 마음 부여잡고도 여기까지 온 걸까.

내가 왜 사는지 너는 아니?

2021년 4월 14일

덜어낼 것도, 보탤 것도 없는 어제와 같은 맹숭한 하루가 지나간다.

무심하게 흐르는 시간에 앞서 걸어가는 그림자만 홀로 자라고, 어둠이 사라질 때까지 잠들지 못하고 흔들린다.

2021년 4월 15일

번잡한 세상사 나와는 상관없다는 듯이 괜찮은 척, 멍하게.

마음에 굳은살 붙은 척 애써봐도, 바람에 그리운 마음이 쏠리는 하루.

2021년 4월 16일

헛된 기대를 버리고 또 버려도 허한 가슴.

나무 사이에 걸린 무심한 구름에, 덤덤하게 흘러가는 바람에 실없이 말 건네는 날.

거긴 잘들 있는지?

2021년 4월 17일

어디에도 있고, 어디에도 없어서 좋다가 더 힘들어진다.

습관처럼 기다리고 소망해도 끝내는 절망하는 날들.

그래도 보고 싶다.

2021년 4월 19일

비어 있는 네 침대와 텅 빈 나의 검은 밤.

허전함에 잡히지 않는 지난 시간 더듬다가 잠을 놓친다.

허망한 짓인 줄 알면서도 밀려드는 회한에 무너지고, 쓰러지고 만다.

2021년 4월 22일

초록빛 짙어지니 어느새 볕이 따갑다.

성급하게 여름을 떠올리니 이별의 시간으로 들어간 벚꽃이 그립다.

긴긴 이별 속에 있는 너도 그립고.

2021년 4월 23일

미세먼지 심하게 날리는 날.

그곳은 어떠니? 꽃가루 알레르기는 괜찮니?

있으나 없으나 네 걱정 내려놓지 못하는 나.

훗날 함께하는 그곳에서도 그러하겠지.

2021년 4월 25일

파란 하늘 눈부셔서 괜스레 서글픈 날.

나를 스쳐간 많은 것들이 그리운 날.

그 그리움에 걸려 넘어져 종일 귓가에 바람 소리만

어지럽던 날.

2021년 4월 27일

미워하고 원망하는 마음 들지 않도록, 행복하고 고왔

던 기억만으로 기다린다.

너 안아볼 수 있는 그날을 기다린다.

잠들지 못하여 꺼지지 않는 밤.

그리움은 안으로만 고인다.

2021년 5월 2일

별이 된 네가 있어서 밤하늘이 언제나 아름답지.

고운 빛이 된 너하고 함께라서 나 외롭지 않지.

아니, 다 거짓말이야.

여길 봐도 아프고, 저길 봐도 슬프고, 허전해.

2021년 5월 3일

변덕 심한 날씨처럼 시소 타는 감정선.

툭하면 눈물 넘실거리는데, 왜 소리 내어 울지 못할까.

괜히 나에게 화나는 날.

실컷 울고 나면 너에게 못다 한 말 다 할 수 있을까.

2021년 5월 5일

하늘 맑고 푸른 좋은 날이나, 너 없는 어린이날.

오지 않는 넌 저 구름 흘러가는 그곳에 있겠지.

내 그리움 부디 너 있는 그곳까지 흘러가라.

여전히 사랑한다, 딸.

2021년 5월 6일

모든 이별은 아픈 거지만 너처럼 아플까.

마지막 숨결 흩어지며 나누는 인사인들 너처럼 슬플까.

너도, 나도 다 내 업이지만 미안하고, 고맙고, 사랑한다.

2021년 5월 7일

마음이 허한 날.

힘이 든다고 말하면 네 마음 아플까 봐, 그립고 보고 싶다고 말하면 네가 슬퍼할까 봐, 차마 뱉지 못하고 하늘만 쳐다본다.

나 때문에 저 하늘도 참 고달프겠다.

2021년 5월 8일

우중충한 하늘 비 올 것 같다.

이런 날에는 그늘진 얼굴, 구름 그늘에 숨기고 지나가는 바람 속에 한숨 묻을 수 있어서 좋은 날.

널 기다리며 문밖에서 서성이는 마음, 홀로 커져가는 그림자에 눈물짓고 단념하지 못한 미련한 마음 카네이션꽃 위에 머문다.

2021년 5월 10일

쏟아지는 비에 여름이 묻어 있나 쳐다본 하늘.

빗방울에 그리운 얼굴만 가득하다.

맑은 미소 띤 어여쁜 모습으로 나에게 오는 너.

많이 보고 싶었다.

2021년 5월 11일

내가 아닌 다른 이의 시간을 건듯 방관하며 보낸 세월 언제나 아리도록 슬펐다.

버림받아 혼자라는 생각에 늘 나의 풍경은 우울했다.

흐르는 시간을 체념해도 세월의 덮개는 쉬지 않고 나를 덮는다.

2021년 5월 12일

변덕스러운 감정에 흔들리는 하루.

누가 어찌하는 것도 아닌데 너 때문인지, 나 때문인지.

괜히 허무하고 허탈해져 울고 싶은 날.

여름이 깃든 바람이 분다.

넌 외롭지 않겠지?

넌 행복하겠지?

오늘은 안부의 말 대신 아카시아꽃 향을 너에게 띄운다.

2021년 5월 14일

마른 눈물, 넘쳐나는 그리움에 허기진 마음.

스쳐가는 바람에도 바스러질 것 같다.

슬픔을 껴안고, 슬픔과 함께 살아가는 일이 이렇게 힘들고 아픈 건 줄 넌 아니?

2021년 5월 15일

바람 흘러가는 저편 하늘.

그곳은 어떠니? 구름 빛깔은 어떻고, 햇볕은 여기처럼 아프게 따갑기도 하니?

좋아하는 비 내음 섞인 바람도 부니?

너 있는 그곳, 그런 것들이 알고 싶은 날.

2021년 5월 18일

사월 초파일 전날 늦은 시간에 찾아간 곳.

등에 촛불 밝히고 향 하나 사르는 밤.

그립더라. 유난히 더 그립더라.

촛불을 어루만지는 저 바람에 부탁하면 너에게 닿을까.

사랑한다, 보고 싶다는 이 작은 한 마디.

2021년 5월 23일

빗속에 잠겨 눅눅한 오후.

물기 머금은 바람이 훑고 가는 곳마다 눈물 같은 그리움이 맺힌다.

겨울 같은 마음, 처연한 무채색 풍광 속 산너울 너머 오르는 물안개 같다.

2021년 5월 24일

그리운 것은 바라보고 있어도 그립다는데, 볼 수조차도 없음은 아픔이고 슬픔이다.

보이지 않는다고 곁에 없는 것은 아니지만, 볼 수 없어 훗날을 기다리며 다음을 기약하는 것처럼 헛헛한 위안이 또 있을까.

2021년 5월 25일

기억이 혹시라도 길을 잃어 너를 알아볼 수 없도록 하얗게 지워진다면, 그런 날이 온다면 너는 나를 기억해야 해.

세월에 꺾인 삶이 다 그렇고 그렇다고 해도, 갈 길 헤매는 나 꼭 찾아와야만 해.

2021년 5월 26일

봄과 여름이 뒤섞인 계절의 끝자락에 짙은 초록의 바람이 분다.

아프고 슬픈 지금의 모든 순간 언젠가는 지나가겠지.

손에 잡히지 않는 그리움과 미움, 아쉬움도 한순간의 조각이니, 그것 또한 저 초록의 바람처럼 가겠지.

2021년 5월 28일

온 마음으로 바라는 것처럼 외로운 일이 또 있을까?

외로운만큼 가슴이 시려, 간절히 바라는 마음 바람에 띄워 보낸다.

부디 하늘에 닿기를, 너에게 닿기를.

하는 만큼 돌아오는 거라더니 그렇지 않더라.

나 아직도 여기 이렇게 있는 거 보면.

2021년 5월 30일

그리움 하나 검은 구름 속으로 스며든다.

시리게 푸른 별빛이 보고 싶은 마음을 파고드는 밤.

먼 곳인 것 같아도 한 걸음이면 닿을 곳에 있는 너.

가고 싶다.

2021년 5월 31일

눈부시게, 숨 막히게 고왔던 봄날이 간다.

오고 감은 누구의 뜻일까.

한 계절이 모퉁이를 채 돌기도 전에 또 다른 계절을 보는 오월 마지막 날.

2021년 6월 2일

너를 기다린 날도, 기다릴 날도 무심한 세월에 묻혀 간다.

지난 시간은 다 순식간이 되고 그 순간은 시간 따라 잊혀간다지만 함께였던 순간은 죽어서도 안고 너에게 로 갈 기억.

2021년 6월 3일

암담했던 아픔조차 슬프게 사랑해야만 하는 나.

바스락거리는 메마른 가슴과 헤아릴 수도 없을 만큼 흔들리고 아픈 날의 연속.

흐느끼는 몸짓의 나의 풍경은 언제나 황량하다.

2021년 6월 4일

한낮에 타오르는 열기는 벌써 모든 걸 멈추게 할 듯이 뜨겁다.

한기 들던 그날의 슬픈 이별을 생각한다.

떠나는 이도 슬프겠지만 남겨진 자는 더 아프고 슬프다.

너와 나는 지금 어디에 있는 걸까.

2021년 6월 5일

내 그리움은 가슴 설레게 하는 그리움이 아닌, 이 하늘 밑에서는 이룰 수 없는 아픈 그리움.

슬픈 그리움 몰려드는 너 있는 그곳이 내 그리움의 끝이겠지.

2021년 6월 6일

아무리 기다려도 오지 않는다.

아무리 가도 끝이 보이지 않는 길.

걸음마다 너와의 추억만이 낙관처럼 찍히고 허기진 마음에 외로움이 다리를 건다.

2021년 6월 8일

잊으라고 하지 마. 놓아주라고도 하지 마.

내가 사는 이유이니까.

언젠가는 놓아도 좋은 날 오겠지.

기다림의 끝에 닿는 그날 오겠지.

2021년 6월 9일

너에게 다하지 못한 가슴 구름 날려보낸 하늘처럼 허하고, 너에게 다 열지 못한 가슴 새끼 떠나보낸 둥지처럼 허망하다.

못다 연 가슴 활짝 열 수 있는 날 손꼽아 기다리는데 멀기만 하다.

2021년 6월 10일

미안하다. 나는 그랬다.

그 누구보다도 더 맑고 투명하게 빛나서, 무슨 그림자가 있을까 생각했다.

내 내면의 그림자 다른 이가 짐작하지 못하듯이 그랬다.

그래서 나 지금 이렇게 후회하며 아파하고 있다.

2021년 6월 11일

내려앉은 하늘 비를 뿌린다.

빗방울로도 철 이른 뜨거움의 위안이 안 되는 날.

거센 바람 불어오면 이 뜨거움 가시려나.

너를 기다리는 시간에 비할까마는, 바람은 언제나 지루한 기다림의 시간.

2021년 6월 12일

붉게 물든 가을 하늘 위로 떠나더니, 하얀 눈으로 덮이는 겨울이 와도 꽃으로 피어나는 봄이 와도, 초록 향기 짙어지는 여름이 와도 오지를 않네.

그렇게 세월 흘러 사천하고도 구백구십칠 일이 지났는데, 넌 지금 어디에 살고 있니?

2021년 6월 13일

마음속으로 주문을 건다.

오늘 밤에는 어릴 적 네가 그렸던 그 나비의 꿈으로라도 한번 오라고.

꿈속 꿈으로라도 한번 다녀가라고. 꼭.

2021년 6월 14일
이별의 아픔도 세월로 익으면 괜찮아질 줄 알았다.
익숙해지는 슬픔은 결코 없더라.
눈물 속에서 더 서럽게 자랄 뿐이더라.

2021년 6월 15일
종일 비 내리는 날.
키 높게 자란 그리움 빗물 따라 너에게 가면 좋겠다.
내가 소망하는 것들 상상만으로도 행복해지지만 꿈
이기에 더욱 아픈 하루.

2021년 6월 16일
노을빛 하늘에 가을 같은 바람이 지나간다.
먹먹해진 마음 지난 기억에 잠겨 따라가고 싶은 날.
그래, 네가 있어 행복하고 아름다웠던 시절이 있었지.
다시는 없을 그 시간이 그립다. 너도 그립고.

2021년 6월 17일

어둠에 기대서 비집고 들어오는 슬픔이 아픈 밤.

가슴에 새겨진 기억들이 오래된 얼룩처럼 눈물에 젖는다.

지울 수 없는 이 슬픔, 내가 오롯이 감당해야만 되는 천형의 아픔인 거지.

2021년 6월 18일

쌓아둔 눈물 땡볕에 널어 말린다.

늙지 않는 시간 위에 더는 아픔 고이지 않도록.

숨겨놓은 슬픔 전부를 잊어야 할 때인 것처럼.

그러나 바람은 언제나 바람일 뿐.

2021년 6월 19일

잊을 수 없는 슬픔과 놓을 수도 없는 아픔으로 조각조각 깨어진 마음.

회한으로 눈물진 그림자는 오늘도 홀로 이야기를 한다.

사랑한다, 사랑해. 미안하다, 미안해.

2021년 6월 20일

다시 볼 날 간절히 기다리다 보면 그렇게 되는 날 오겠지.

우리 함께 있는 것처럼 살다 보면 정말 그렇게 되겠지.

오늘도 곁에 있는 것처럼 보내는 하루.

2021년 6월 21일

언제가 가야만 하는 곳으로 하루하루 떠나가는 날들.

기다리지 않는 날만 쌓여가고, 손꼽는 날은 긴 기다림 되어 머문다.

익어가는 여름이 나뭇가지마다 앉아 바람에 흔들린다.

2021년 6월 22일

밀려드는 슬픔 숨길 수 있을 것 같아서, 눈물 가득 고이면 하늘 보고 눈물 떨어지면 고개 숙이지.

찢어지는 아픔 가실까 해서 터져나오는 울음 삼키면서 웃지.

소용없는 짓인 줄 알면서도 그렇게 미친 것처럼 산다.

2021년 6월 23일

내 그리움 수북이 쌓여가도 말 없는 너.

너의 침묵에 서러워 눈물 마를 날 없는 나.

긴긴 기다림의 시간에 작아지며 지쳐가는 나날들.

2021년 6월 24일

너의 자리 세월 가니 그리움만 쌓여가더라.

그리움은 숨 쉴 수조차 없는 슬픔이 되고, 슬픔은 헤아릴 수도 없는 아픈 무거움이 되더라.

그런데도 떠나지 못하고 여기 있는 나, 참 웃긴다.

2021년 6월 25일

네 생각만 가득 떠 있는 곳.

함께 있는 것 같은데도 쓸쓸한 거 보니 이제 없는가.

지나가는 바람에 너 만나면 다녀갔다고 전해달라 말
건네는 저녁.

2021년 6월 26일

봄바람 같은 그 따스한 미소 어디로 갔을까.

느낄 수 없는 그 마음 어디에 있을까.

바람에 휩쓸려 떠나간 시간을 그리워하는 마음이 슬
프다.

오늘도 바람처럼 흩어지는 나.

2021년 6월 28일

남겨져 슬픈 세상이지.

떠나는 이도 슬프겠지만 남겨진 자는 더 아프고 슬
프다.

네가 떠나고 나니 모든 것이 무의미하게 되어버렸다.

무거운 내 삶은 지금 어디에 머물러 있는 걸까.

2021년 6월 29일

어느 순간, 어느 시간에 멈춰 있는 슬픔이 있다.

그 슬픔은 나를 살게도 하고 나를 죽고 싶게도 만든다.

몇 번씩 아파하며 또 하루를 살았다.

이 하루의 끝은 어디일까.

2021년 6월 30일

너 머무는 곳이 그 어디든 행복했으면 좋겠다.

나처럼 늘 기억해주고, 그리워해주면 좋겠다.

네 숨결이 바람 되어 곁에 머물러 좋은 날, 사랑한다.

2021년 6월 31일

되돌릴 수도, 돌아갈 수도 없는데 놓지를 못한다.

헛된 욕심인 줄 알면서도 난 기다려.

눌러담은 그리움에 지치고 서글퍼지는 날도 있다.

오늘 같은 날.

2021년 7월 1일

넌 놓을 수도, 포기할 수도 없는 슬픔이지.

그 슬픔 제발 견딜 수 없는 지독한 아픔 되길 소망한다.

너 없고, 나도 없는 삶 떠날 수 있도록.

2021년 7월 3일

밖에서 서성이다가 비에 젖은 그리움.

나뭇가지에 걸린 바람처럼 처량하다.

눈물 같은 서글픔이 아픔으로 가라앉는 날.

언제쯤이면 손잡고 걸을 수 있을까.

2021년 7월 4일

오늘처럼 빗소리 거세서 좋은 날은 너에게 빗물처럼 흘러서 가고, 바람 거칠어 속 시원한 날에는 바람에 날려 가고, 푸른 별빛 쏟아지는 외로운 날에는 별빛 따라 너에게 가고 싶다.

2021년 7월 6일

집 떠난 지 오래된 긴 여행 같은 징밋비 내리니 맑은
네 웃음소리가 더 그리운 날.

네 따스한 온기, 비안개 되어 나에게로 오면 좋겠다.

지금 여기 네가 있으면 행복하겠다.

2021년 7월 7일

멈추어 선 가슴 속에 덧없는 세월만 쌓여가고, 함께
하지 못하는 슬픔은 아픔이 되어 가슴을 헤집는데 아
직도 난 보낼 수가 없어서 널 이렇게 잡고 있다.

매미가 시끄러운 소리로 세상에 온 것을 알리는 날.

2021년 7월 8일

우리네 삶.

여름날 짧은 꿈같고, 잠시 피어나는 아침이슬 같은데
환상 속에서 물거품 같은 허무한 것을 좇아 왜 어렵게
살아가는 걸까.

그 의미를 너는 아니?

2021년 7월 9일

기억에 담겨있는 길을 걷는다.

학교와 학원에, 시내를 오고 가며 걷던 그 길.

리치와 꼬맹이를 산책시키고 함께 뛰어놀던 길.

모든 것들은 다 그대로인데 너만 슬픈 과거형이다.

2021년 7월 10일

오랜만에 잠깐 본 것 같은데, 너는 여전히 거기 있고
나는 여기 있네.

꿈이었나, 긴 한숨에 무너지는 가슴.

다시 보고 싶다.

2021년 7월 11일

초복 날 이열치열로 삼계탕 했으니 와서 먹어.

찜질방 같은 여름이라던데, 더위 많이 타는 너 어쩌나.

시원한 팥빙수 만들어주게 한번 와.

2021년 7월 12일

봄, 여름, 가을, 거울, 계절은 길도 바뀌는데 그 세월조차 넘지 못하고 시간이 멈춘 곳이 있지.

꽃 같은 스물.

여전히 그 예쁜 나이에 머물러 있는 넌 좋겠다.

변해가는 우리 꼭 기억해줘.

2021년 7월 15일

뜨거운 열기 가득한 날.

소나기 품었던 바람이 시원하다.

비 갠 하늘이 눈부시고 하얀 구름이 예뻐서 더 그리웠다.

닿을 수 없는데도 보고 싶어서 애를 태우는 나.

불쌍하지?

2021년 7월 16일
미움이 있어서 다행이다.
원망하며 끝없는 기다림을 놓지 않게 해주어서.
눈물이 있어서 다행이다.
메마른 가슴 적셔 숨 쉴 수 있게 해주어서.
그래 다행이다.
그것마저 없었으면 견디지 못했을 거니까.

2021년 7월 17일
　사랑하는 마음에서 미움이 생기고, 원망하는 마음
에서 보고 싶어지고, 그리워하는 마음에서 눈물짓다
한숨 쉬는, 끝없는 나의 이야기.

2021년 7월 19일
　날마다 가슴에 꽂히는 그리움이 소망이 되고, 그리
움과 간절한 보고픔이 기도가 되는 날.
　얼굴을 쓰다듬는 바람에 소식을 묻는다.
　어떻게 지내니?

2021년 7월 20일

언젠가, 낯선 그 어딘가에서 우리 반드시 만나겠지만 오늘 밤 한번 나의 꿈길로 와주겠니?

오늘의 무게가 무거웠던 하루의 끝에 네가 있기를.

2021년 7월 21일

함께라서 행복했던 것이 신기루처럼 사라지던 아픈 기억.

지난 시간이 내 안의 서글픔을 휘저으며 슬픔으로 온다.

너 없는 내가 자꾸만 안쓰럽고 처량하게 느껴지는 날.

중복.

2021년 7월 22일

산다는 것 참 허무하다.

더 못 줘서 후회하는 삶 참 재미없다.

슬픈 눈물만 가득한 시간은 아프기만 하고, 너 없는 휑한 공간은 참 허전하다.

2021년 7월 23일

생각하면 너도, 나도 안쓰러워서 눈물 난다.

마음에서 떼어낼 수 없기에 더 슬프고 아프다.

얼마만큼의 세월이 지나야 괜찮아질까.

너 못 본 지 억만 년.

2021년 7월 24일

깜빡 졸다 깨니 날이 저물고 있더라.

아직도 꿈속 같은데, 인생길 서쪽 하늘은 노을빛에 물들었더라.

어둠이 바로 앞인데, 얼마나 대단한 혼적 남기겠다고 이러는지.

깨지 않는 잠 자고 싶다.

2021년 7월 25일

해거름 스산한 거리에서 나를 본다.

돌아가야만 하는 삶.

이 하늘 밑에 와서 무엇을 했을까.

아픔 쌓인 세월 허공에 흩어지면 그 누가 나를 기억하고, 그리는 마음 있어 추억할까.

허망한 세월. 무심한 너.

2021년 7월 26일

뜨겁게 달구어진 바람에 떠밀려 오늘도 지나간다.

그리움에 휘둘리고 흔들려서 아팠던 하루.

밀려오는 간절함에 울컥해진 마음 슬픔에 젖는다.

2021년 7월 27일

너 없으니 나는 아무것도 아닌, 그냥 아무개.

너 없으니 떠나는 그 며칠 동안만 입에 머무를 김 아무개.

너 없으니 먼 훗날 나 기억하는 이 아무도 없는 아무개.

너 없으니 이렇게 섧다.

2021년 7월 28일

바람으로만 오는 너.

세월 흘러도 너의 빈자리 받아들일 준비가 안 되었는데, 꿈에서라도 자주 오면 좋겠다.

눈 뜨면 마음 아파 통곡할지라도.

2021년 7월 29일

네 손길 닿은 많은 것들이 여전히 여기 머물고 있다.

인연이 있어 만났을 건데, 그 인연 끝나가는 걸까.

조금씩 바래가고, 해지고, 낡아가고 있어 마음이 아프다.

2021년 7월 30일

불볕 같은 뜨거움이 어지럽다.

위로 같은 바람 한줄기 기다리며 겨울밤을 떠올리는 날.

넌 이 더위에 어떻게 지내니?

2021년 7월 31일

말끝마다 습관처럼 배어버린 한숨.

괜찮은 척 하늘을 본다.

그리워서 너의 이름 불러도 대답이 없네.

버림받은 서러움에 터져나오는 눈물.

언제쯤이면 마를까.

2021년 8월 1일

괜찮은 척한다고 안 아픈 게 아니지.

이름 부르지 않는다고 안 보고 싶은 게 아니지.

눈물 흘리지 않는다고 슬프지 않은 게 아니지.

너 아파할까 봐 미소 띤 가면을 쓰고 있을 뿐.

2021년 8월 2일

더위가 절정인데도 그리움이 가슴 저미어 오한 드는 날.

채워지지 않는 상실감에 서글픔이 스며든다.

울적한 마음에 하늘을 보니 노을이 붉게 물들고 있더라.

너도 나처럼 슬프니?

2021년 8월 4일
모든 것 버리고 싶을 만큼 상처받았던 날.
슬픔의 무게를 견딜 수 없어서 다 포기하고 싶었던 날.
그날의 절망이 아픔 되어 밀려드는 하루.
너에게로 도망가고 싶다.

2021년 8월 5일
모두 흘러가는데 멈춰 서 있는 것은 나뿐.
아닌 줄 알면서 받아들이지 못하는 몸부림으로 기다
린다.
오늘도 여전한 바람이, 구름이, 새소리가, 밤하늘의
별이 아프게 한다.

2021년 8월 6일
뜨거운 그리움이 머무는 시간.
갈증 같은 간절함이 몰려온다.
보고 싶어도 어찌할 수 없는데, 그리움은 그침이 없다.
괜찮은 척 웃으며 아픈 마음 숨기는 하루.

2021년 8월 7일

그리움 안에 있는 너는 눈물 나게 슬프게 한다.

허기진 그리움은 채울 수가 없어서 아프다.

채워질 것이 아닌 줄 알면서도 난 또 너를 그리워한다.

2021년 8월 8일

입추 지나자 바람이 가을이 멀지 않았다고 말한다.

갈 것은 가고 올 것은 오고, 오지 않았으면 하는 것
도 오겠지만 너 떠난 가을 오는 게 싫다.

난 아직 이 여름을 더 걷고 싶다.

2021년 8월 9일

낮엔 여전히 덥고 매미 소리 쏟아지지만, 한줄기 바
람이 여름을 밀치고 들어온다.

가슴 시린 계절이 오기 전에 두 팔 벌려 안아서 여전
히 사랑한다고 말해주면 좋겠다.

꿈속에서라도 그렇게 해주면 좋겠다.

보고 싶은 너.

2021년 8월 10일

여름이 멀어지고 있다.

꽃은 피고 지고, 바람은 오고 가고, 세월은 쉼 없이 지나간다.

너 없는 공간에는 한숨과 늙은 시간의 그림자만 수북이 쌓여간다.

오늘이 말복.

2021년 8월 11일

매일 바뀌는 바람에서 가을 냄새가 난다.

이 바람의 끝자락에 너 있을 것만 같은 날.

기다린다. 신기루 같은 너를 기다린다.

눈앞에서 아른거리는 그리움 참 모질고 질기다.

2021년 8월 12일

아프고 안타까운 너는 그리움으로 남겨질 인연이었던가.

훗날 나와의 인연은 누구에게든 잡히지 않고, 추억되지도 않는 바람 같은 인연이기를 기대한다.

나 떠나는 그날, 잠시 머물다 바람에 흩어지는 안개처럼 모두의 기억에서 지워지기를 바란다.

2021년 8월 13일

살다 보면, 웃다가도 서러움 밀려올 때도 있고, 멍하니 앉아 있다가도 눈물 쏟아질 때도 있다.

살다 보면, 사랑과 미움 오가는 변덕스러움에 베여 상처받기도 하고, 미안하다는 말 전할 수 없어 후회로 가슴 칠 때도 있다.

살다 보면, 볼 수 없고 닿을 수 없어 미쳐버릴 때도 있다.

바로 지금처럼.

2021년 8월 15일

너 없는 여기 온통 텅 빈 것 같아 슬프다.

너 없는 세상 바람 한 점까지도 달라져서 낯설다.

너한테 가고 싶다. 밝은 빛 모여드는 그곳에.

2021년 8월 16일

구름 무거운 하늘에 눈물 그렁한 바람 서성이더니 장대비 내린다.

쏟아지는 비만큼이나 그리움이 많은 날.

보고픔에 마음이 젖는다.

이런 날은 그리움 물든 빗방울 슬프지 않게 너도 함께 오면 좋겠다.

2021년 8월 17일

가을이라는 바람의 말, 매미 소리에 묻힌다.

때 되면 말려도 오는 가을.

누구에게는 화려하게 빛나고, 누구에게는 시리게 아프다.

너 데리고 간 가을도, 날 혼자 두고 가버린 너도 밉다.

2021년 8월 18일

별 하나 없는 어두운 하늘, 내 안에 가라앉아 있는 외로움을 아픔으로 일으키고 돌아오리라 기다리는 마음에 비를 내린다.

쓸쓸함이 바람 되어 우는 날.

눈물 젖은 그리움이 슬프다.

2021년 8월 19일

골목을 떠도는 바람의 결이 달라졌다.

뜨겁던 날이 어제 같은데 벌써 차갑다고 한다.

계절은 오고 가는 게 너처럼 냉철하게 주저함이 없다.

그렇게 또 아픈 가을이 왔다.

2021년 8월 20일

네가 준 슬픔의 상처 시간이 지우지 못하더라.

지나간 일을 되돌릴 수 없으니 회한의 눈물로 하루하루를 지새울 뿐.

그 눈물도 아픔을 씻어주지는 못하니 매일 슬프고 아프다.

2021년 8월 21일

천둥소리로 울던 하늘이 열렸다.

내가 못 울었던 것까지 다 울어줄 것처럼, 앞이 안 보이게 쏟아지는 비.

돌아올 거라는 나의 믿음 저 비에 쓸려 그곳까지 흘러가 부디 너 만날 수 있기를.

2021년 8월 22일

그리움은 오늘도 마른 눈물 삼키며 저편 하늘 언저리를 기웃거린다.

널 찾다가 지친 마음.

지나가는 소나기에 젖어 무겁다.

힘든 몸짓으로 풀 죽은 감정선을 추스르며 주저앉는 그리움.

어둠 속 상사화가 된다.

2021년 8월 23일

하늘이 종일 울부짖고 눈물 쏟던 날.

여름이 가고 가을이 왔다.

올가을 오는 것은 참 요란하고도 유별스럽다.

그래서 나의 아픔도, 내 슬픔도 더 날카로우려나.

이 계절 참 두렵다.

2021년 8월 24일

너 없이도 잘 지내는 나.

밥도 잘 먹고, 웃기도 하고, 네가 다니던 익숙한 길도 아무 생각 없이 잘 지나친다.

네 얼굴 네 목소리가 어땠더라 아득해지기도 하니, 너 보기에는 어때? 잘 지내는 것 같지?

그래, 이렇게 헛소리까지 하는 거 보니 가을이 오나 보다.

2021년 8월 25일

그날의 슬픔은 뫼비우스의 띠처럼 아픔의 띠가 되어 끝없이 나를 맴돈다.

헤아리지 못한 후회와 지켜주지 못한 회한으로 가득한 가슴.

미안하다는 말도 사치스럽다.

2021년 8월 26일

멀리 있어 볼 수 없는 너의 염려로 어제를 살았고, 정성으로 빌어주는 너의 바람으로 오늘을 살고, 결 고운 너의 마음으로 또 내일을 견디며 하루를 살겠지.

고맙다 딸.

2021년 8월 27일

지나간 날에 함께한 우리.

곧 다가올 날에도 함께할 너.

내 안에 있는 너지만 비어 있는 네 방은 여전히 슬프다.

네 모습 잊지 말고 기억하기.

혹 내 기억에서 널 잃어버린다면 대신 꼭 기억해주기.

2021년 8월 28일

골목 끝에 걸어놓은 마음 한 자락 바람에 휘날린다.

떠나야 하는 것과 올 것은 저절로 오고 가는데, 기다리는 넌 소식도 없다.

바람이 머무는 곳에서 오는 가을.

그 가을이 와도 부디 아프지 말기를.

2021년 8월 29일

네 방 사진 속에서 환하게 웃고 있는 너.

없다는 게 아직도 실감이 나지 않는다.

무엇을 해주든 맛있다고 좋아해주던 너.

다이어트 열심히 해도 집밥 때문에 헛일이라던 너.

애써 참아도 슬픔을 순식간에 밀려오게 해서 잠을 새도 없이 넘치게 하는 너.

보고 싶다. 지금.

2021년 8월 30일

예쁜 옷, 맛있는 음식, 새로운 좋은 것들이 언제나 너를 여기로 소환한다.

있을 때 못다 해준 것, 없을 때라도 해주고 싶은 것.

할 때마다 딸 있으면 얼마나 좋아할까.

그 표정, 그 말투 생각나서 아프다.

보고 싶어서 슬프다.

2021년 8월 31일

너를 기다리는 마음, 혹시나 하는 조바심에 아프다.

소리 내어 맘껏 울면 답답한 속 조금이나마 시원해질까.

다른 이까지 힘들게 할까 봐 눈치 보며 속으로만 삼키는 마른 눈물.

2021년 9월 1일

나의 기다림은 낯선 설렘 같은 것.

기다리다 보면 만날 날 있겠지.

바람처럼 자유로워지는 날까지 포기할 수 없는 너.

지금은 아니야. 널 놓아주는 거 아직 난 못 해.

2021년 9월 2일

먼 곳에서 들리던 빗소리가 어느새 달려와 창을 두드린다.

너 있는 그곳에도 비가 오고 있을까.

넌 지금 무엇을 하고 있을까.

비는 유리창에 기대어 울고, 나는 그리움에 젖는 두 눈을 감는다.

2021년 9월 3일

선선해진 바람 속에서 어제 같은 밋밋한 하루를 보
낸다.

그저 익숙함으로 습관처럼 살아가는 하루하루.

가을이다. 너도, 나도 아프지 말자.

2021년 9월 4일

숨 한번 옳게 못 쉬고 당할 수밖에 없는 일이 있지.

그런 일들이 어디 한두 가지겠냐마는 난 정말 꿈에
서조차도 생각 못 했다.

순식간에 구름 흩어지듯 하얗게 떠날 줄이야.

맑은 하늘 날벼락인들 이렇게 아플까.

아무리 생각해봐도 너 참 나쁘다.

2021년 9월 5일

가위에 눌린 것 같은 무겁고 힘든 날들 손꼽으며 너
를 향해 걸어가는 길이 멀어 눈물짓는다.

긴긴 이별이 시작되는 그 순간부터 정해진 길.

뒤돌아보면 아득하기만 하다.

2021년 9월 6일

허전함이 멀미 일으키며 스며드는 날.

채워지지 않는 허한 가슴, 그리움에 베인 상처만 가득하다.

비 오는 가을을 지나가는 바람, 을씨년스럽다 못해 서글프다.

2021년 9월 7일

아물지 않는 그날의 기억으로 난 기다리지.

아무리 기다려도 오지 않을 너를 기다리고, 기다리지 않아도 어차피 올 너와의 만남을 기다리지.

시계 초침처럼 흐르는 시간을 넘어 달력 안에 고여 있는 세월을 건너면서 기다리지.

2021년 9월 8일

네 손을 놓은 그 순간부터 시작된 기다림.

너와의 이별은 인연의 끝이 아니고 길고 긴 기다림의 시간 시작이었다.

여전히 너를 사랑하기에 오지 않을 너를 기다린다.

오늘도, 내일도.

2021년 9월 9일

맥없이 서러운 날.

왈칵 서운한 마음이 밀려오는 그런 날.

빛의 명멸처럼 사라진 너를 생각한다.

오늘 밤 꿈으로 와 사랑한다고 말해줄래?

2021년 9월 10일

너 떠난 가을이 왔는데도 볼 수 없고, 만날 길도 없으니 그리움만 쌓아간다.

너를 느낄 수 있을까 해서 네 침대에 앉으니 너의 체취는 간 곳 없고 내 한숨만 수북하다.

미운 너지만 이 아픔, 이 슬픔은 너에게 닿지 않기를.

2021년 9월 11일

그리움을 품고 사는 건 참 아프다.

만날 수 없어 그리워할 수밖에 없음은 참 슬프다.

한번만이라도 이 하늘 밑에서 볼 수 있는 너라면 좋겠다.

2021년 9월 12일

세월 먹어 서산에 지는 해처럼 되었는데도, 가을이 오니 여전히 귀뚜라미 소리까지 심란하다.

마음 보고 물었다. "나 괜찮겠니?"

마음이 속삭였다. "아니, 안 괜찮을 것 같아."

고개 떨구는 순간 무심한 가을볕이 어깨 위에 내려앉는다.

2021년 9월 13일

고운 빛으로 물든 가을 속을 걸어 넌 구름 너머로.

내 눈물로 얼룩진 그 길을 슬픔으로 물들일 계절이 온다.

숨 막히는 이 가을, 내 마지막 계절이길 바라는 마음.

2021년 9월 14일

함께 했던 찰나 같은 기억으로 남은 시간을 견디는 나.

오늘도 널 그리며 바람 끝에서 서성이다 돌아선다.

너 없는 서러운 마음이 눈물짓는 헛헛한 저녁.

2021년 9월 15일

땅에 드리우는 가을 그림자 짙어지면 홀로 걸어가는 내 그림자 위로 쓸쓸함 더해진다.

외로움 떠도는 차가운 시간에 절망 같은 아픔 스며드는데, 아무리 둘러봐도 넌 없네.

보고 싶다.

2021년 9월 16일

어둠이 천천히 내려앉는 저녁.

슬픔은 깊은 곳으로 흘러 몸에 쌓인다.

어떠니, 잘 지내지?

가을에 묻는 안부가 아프다.

넌 아프지 마라.

2021년 9월 18일

해 떨어져 갈 때쯤 차가움 내리면 쓸쓸함과 외로움, 고독이 뒤범벅된 바람이 밀려든다.

몹쓸 가을처럼 몸서리치게 하는 아픔이 온다.

너로부터 시작된 이 계절의 슬픔은 어쩌면 바람 불어오는 먼 태곳적부터인지도 모른다.

2021년 9월 19일

어디로 가려고 했을까, 어디로 가고 싶었을까.

결코 알 수 없는 마음이 무거워진다.

너의 이름 하늘에다 썼다 지웠다 한 날.

사랑한다는 말 바람에 띄운다.

2021년 9월 20일

허전한 추석 연휴 전날.

오고 가는 사람들로, 차들로 넘쳐나는데 너 없는 나에게는 오래전에 낯선 풍경이 되어버렸다.

화려한 불빛 속에서 난 탈색된 흑백 사진에 색을 입힌 것 같은 이방인일 뿐.

2021년 9월 21일

모든 것은 필연적으로 떠나고 그 아쉬움조차도 결국 흩어지는 것이라 해도, 없음은 아픔이다.

아무리 많이 해도 맛나게 먹어주는 너 없으니 슬프다.

딸 없어 추석이라는 말이 외롭던 날.

2021년 9월 22일

풀벌레 우는 밤, 바람결조차 노랗게 물들어가는 시간.

곁에 없으니 그리움만 서리고, 다가갈 수 없는 설움에 운다.

나의 시간 다하여 흩어질 때 많이 보고 싶었다고 말하리라.

2021년 9월 23일

세월 흘러도 흩어지지 않는 슬픔.

아픈 기억으로만 제자리에서 맴돈다.

뱉어버릴 수 없어 삼켜버린 그날의 슬픈 흔적은 오늘도 일상이 된다.

2021년 9월 24일

아픔과 슬픔의 깊이를 몰랐던 안타까움이 비수 되어 가슴을 헤집는 날.

함께했던 지난 기억들이 붉은 꽃잎처럼 떨어진다.

꾹꾹 누르고 참아도 쏟아지는 눈물에 아프게 젖는 하루.

보고 싶다.

2021년 9월 25일

변해가는 가을볕에 울컥한다.

붉게 물든 잎만 봐도, 지나가는 바람만 봐도 눈물 난다.

바람에 흔들리는 것 모두 너 같아 슬프다.

그래도 너의 하루는 오늘도 기분 좋은 맑음이길.

2021년 9월 26일

가장 빛나는 순간에 흩어지는 것은 슬픔이더라.

하늘을 붉게 물들였다 사라지는 노을 같은 아픔이고, 남은 이에게는 지워지지 않는 절망이더라.

2021년 9월 27일

하루가 저무는 쓸쓸한 시간.

하늘에 가을이 가득 차 있다.

오늘도 마음이 지치고 고달팠던 하루.

그 서러웠던 마음에 바람이 분다.

바람에 나를 맡기면 너 있는 그곳에 갈 수 있을까.

2021년 9월 28일

마음을 접고 또 접어 너에게 닿는 면적을 줄여도 슬프다.

이 마음 전해진다면 잠시나마 웃을 수 있을 건데.

비눗방울처럼 떠오르다가 사라지는, 형광등 불빛에 녹아버리는 말들이 아프다.

2021년 9월 29일

잠가뒀던 폴더를 열었다가 가슴 터질 것 같아 닫고 말았다.

너는 깔깔거리며 웃고 있고 리치와 꼬맹이는 꼬리 흔들며 좋아하고 있더라.

함께 있는 그곳에 가고 싶다.

2021년 9월 30일

이 슬픔, 꽃들 스러지듯 지나간다 했지.

그리되는 게 아니더라.

내가 바람에 흩어져야만 끝나는 거더라.

또다시 아픈 가을이다.

너를 기다리며